猫乃木さんのあやかし事情2

望月もらん

19056

角川ビーンズ文庫

口絵・本文イラスト／あき

第一話

夕顔の恋

君は、いつもバラ園のベンチに一人座り、暮れゆく空を眺《なが》めていた。
物静かな日の光に、いまにも溶《と》けて消えてしまいそうな、そんな儚《はかな》げな佇《たたず》まいで。
今まで見たものの中で、一番美しくて愛《いと》しいもの……。
君が生きていた証《あかし》を、ともに過ごした時間の幸福を、僕はキャンバスに刻む。
なにもかも忘れてしまう前に。
なにもかもなかったことになってしまう前に。
ああ、だから神様。
もう一度でいい……。
夏が消えてしまう前に。

一

卯月七海《うづきななみ》が郷里を離《はな》れ、京都の大学に通うようになってから、そろそろ半年が経《た》とうとしていた。
居候《いそうろう》先のいささか風変わりな祇園《ぎおん》のお店、『猫《ねこ》また堂本舗』の暮らしにも、大学の生活にも慣れてきた頃《ころ》なのだが……。

　生まれて初めて参加した『合コン』なるものにすっかり緊張《きんちょう》してしまい、周囲の学生たちのように盛り上がることもできず、隅《すみ》っこの方でいささか浮《う》いた存在になっていた。

（……困ったな）

　正座した七海は、居心地《いごこち》悪そうに足をモゾモゾと動かす。

　京都の四条通、三条通の周辺は飲食店も多く、昼でも夜でも活気があって賑《にぎ》やかだ。七海がいまいる居酒屋も、週末ということもあって盛況《せいきょう》のようだった。

　合コンに参加しているのは、京都の大学に通う学生ばかりだ。その中で顔を知っているのは友人の都司奈央《つじなお》くらいしかいない。

　奈央は幹事役を引き受けていることもあり、追加の料理や飲み物のオーダーをきいて店員さんに伝えたり、運ばれてきた料理を配ったりと忙《いそが》しそうに動きまわっている。

「七海、ごめんね！　後でそっちいくから」

「私もなにか手伝おうか？」

「いいよ、いいよ。無理に誘《さそ》ったの私だしね。七海は楽しんでて。なにか飲む？　フリードリンクだからなんでも言って。ノンアルコールカクテルもあるし」

　大学生とはいえ、七海も奈央も未成年なのでアルコール類は飲めない。

「大丈夫《だいじょうぶ》、ウーロン茶、まだあるから」

運ばれてきた大ジョッキのウーロン茶を、持て余し気味に飲んでいるところだ。

「奈央ーっ！　カンパリオレンジ、おかわり！」

すでに気分よく酔《よ》っていた奈央の先輩《せんぱい》が、空のグラスを高々と掲《かか》げてみせる。辟易《へきえき》した顔をしながら、奈央は「はーい」と返事をしていってしまった。

「大変そうだなあ」

七海が場違《ばちが》いにも『合コン』に参加することになったのは、奈央に頼《たの》み込まれたからだった。先輩の命令でセッティングすることになったようだが、昨日になって何人かにキャンセルされてしまったらしい。急遽《きゅうきょ》、「数合わせでいいから！」と頼まれて引き受けた。

『合コン』と言えば、やはり男の人との出会いを求める場でもある。参加するのはあまり気が進まなかった。

もちろん、七海も彼氏というものに人並みの憧《あこが》れを抱《いだ》いている。いい雰囲気《ふんいき》で寄り添《そ》いながら密《ひそ》やかに会話を交《か》わしている男女を見れば、羨《うらや》ましいなとも思う。

その一方で、本気で相手をさがそうという気にならないのは、千歳《ちとせ》の存在があるからだろう。

千歳は勘違《かんちが》いしたくなるくらいに優《やさ》しい。大切にされているとも感じる。

だからといって、好意を寄せられているとは限らない。むしろ、なんとも思われていないような気すらする。

合コンに参加するという事情を説明した時も、拍子抜《ひょうしぬ》けするくらいにあっさり許してくれた。その上、『楽しんできてくださいね』と笑顔《えがお》で言われては複雑な気分になる。むしろ、反対してくれた方が嬉《うれ》しかったような。

千歳にとって、七海が恋人《こいびと》をつくることはそれほど大した問題ではないのだろう。

(私って、もしかして猫乃木《ねこのぎ》さんにとって、お庭にくる野良猫《のらねこ》くらいにしか思われてないのかな?)

千歳は野良猫にだって優しい。面倒《めんどう》を見ているし、病気になったらオタオタしながらも、動物病院に飛んでいく。自分に対する扱《あつか》いは、それと大差ないような気がしてきた。

(やっぱり……私……)

七海は焦《あせ》ったようにウーロン茶を喉《のど》に流し込む。

こんなことを考えては、千歳の顔をまともに見られなくなる。

思わずむせそうになり、咳《せ》き込みながらジョッキをテーブルに戻《もど》した。

ふっと吐息《といき》をもらした時、テーブルの上を移動する小さな生き物が目に入る。

よくよく見れば、それは親指程度の大きさの小鬼《こおに》だ。赤や青色の体で、厳《いか》めしい顔つきをしており、頭には小さな角が生えている。

「あっ……」

この小鬼も物の怪《もののけ》、あるいはあやかしと言われる、人の目には普通《ふつう》見ることのできない京都の『魔《ま》』だ。この手のものを七海が見るようになったのは、『猫また堂本舗』に居候するようになってからである。

小鬼は悪戯《いたずら》をすることはあるが、人にそれほど害を及《およ》ぼすものではない。どうやら賑やかな場所を好むようで、人が集まって騒《さわ》いでいると姿を見せるのだ。

テーブルをチョコチョコとうろつきまわっている小鬼は一匹《いっぴき》ではなかった。小鬼たちは自分の姿が人間には見えないことを知っているのだろう。それをいいことに飛び跳《は》ねたり、手を叩《たた》いたり、ビールジョッキの中で泳いでいるものもいた。

そのうちに、数匹が水のグラスを押し倒《たお》そうとする。咄嗟《とっさ》に傾《かたむ》いたグラスを受け止めようとすると、向かいからも同じように手が伸《の》びた。

お互《たが》いの手がぶつかり、グラスがひっくり返る。

テーブルの上に水が広がり、「ごめんなさい！」と焦って手ふきをとった。

「いや、こっちこそ」

相手もあたふたと手ふきでテーブルを拭《ふ》き始める。

お互いの顔を見るタイミングが同じだったようで目が合った。

細身の繊細《せんさい》そうな顔立ちの男子学生だ。向かいに座っていたというのに、お互いにまだ一言も話をしていない。相手も無口な質《たち》なのか、他《ほか》の学生たちとの会話にも加わっていないようだ。

男子学生が見ていない間に、七海は「だめだよ、悪さをしちゃ」と小鬼たちに言い聞かせる。小鬼たちはキャッキャと笑いながら、膝《ひざ》の上に這《は》い上がってきた。テーブルの上で悪さされるよりは膝の上にいてくれる方が安心だ。そう思い、微《かす》かなため息を吐《つ》いて座り直す。

注がれる視線に気づいて顔を上げると、男子学生が手を止めてどこか訝《いぶか》しむような顔でこちらを見ていた。

(見えてる、人じゃないよね？)

ごまかすように笑みをつくると、視線をそらされる。

「なんだか、ちょっと浮いてるよな、俺」

「そう、ですか？」

「こういう飲み会みたいなの、苦手でさ」

男子学生は楽しそうな他の学生たちを見て、そう言った。それは七海も同じなので親近感のようなものを覚える。

「私もです」

七海が答えると、男子学生は緊張気味の表情を和《やわ》らげた。

「俺は鵜野《うの》一志《かずし》。京北《きょうほく》美大の四年だよ」

「美大生さん？　絵、ですか？」

「そう、絵。いま、展覧会用の作品を描《か》いてる。油絵にしようか、水彩《すいさい》にしようか迷ってるんだけど……正直、こんな飲み会に出てる場合でもないんだけどさ」

どうやら、この人も七海と同じく人数合わせで引っ張り出されたらしい。

(でも、すごいな)

七海は絵だの音楽だのといった芸術方面の才能はまったく自分の中に感じられず、その道に進むという選択《せんたく》は考えつけなかった。

「どんな絵を描くんですか?」

「どんな絵……うーん、まあ色々だよ。人物とか、静物とか、風景もやるし。抽象《ちゅうしょう》的なやつはやらないかな」

一志は言ってから、「俺の話とか、つまらないだろ」と声のトーンを落とす。

「そんなことありませんよ。私は絵はあまり得意ではないんですけど、見るのは好きですから」

京都には美術館や博物館が多く、大型の企画《きかく》展もよく催《もよお》されている。夏休み中に奈央と一緒《いっしょ》にシャガール展を見にいったのだが、その時も大盛況だった。

「作品、なにを描くかはもう決めているんですか?」

少し表情を曇《くも》らせて黙《だま》り込んでしまった一志に、七海は戸惑《とまど》いを覚えた。

きいてはいけなかったのだろうか。それとも、なにか行き詰《づ》まっているのか。

「ごめんなさい、余計なことをきいて」

「描きたいものは決まっている。ただ、その人がいなくなって……だから、どのみち進まないんだ」

一志はそう言ったきり、自分の世界に入り込んでしまったように無言でビールを傾け続ける。七海も深くはきけず、終わりまで一杯《いっぱい》のウーロン茶を口に運んでいた。


ようやく、合コンが解散となったのは午後十時過ぎのことだ。

奈央は足もともおぼつかないほど酔っ払《ぱら》ってしまった先輩を寮《りょう》まで担《かつ》いで帰らなくてはならず、店の前で別れることになった。

ふっと息を吐いてからバス停へと足を向ける。

「ちょっと、待って！」

振《ふ》り向くと、一志が慌《あわ》てた様子で追いかけてくる。忘れ物でもしたのだろうかと思ったが、バッグの中には財布《さいふ》も携帯《けいたい》もちゃんと入っていた。

「どうしたんですか？」

「卯月さんだっけ？」

「はい、そうですけど」

戸惑い気味に頷《うなず》くと、一志に両手をつかまれる。驚《おどろ》いて後退《あとずさ》りしそうになると、その手がパッと離《はな》された。

「悪い、変なつもりじゃない。いや、変って言えば変なんだけど、ああ、なに言ってんだ、俺」

一志はもどかしそうに頭を掻《か》き、一呼吸おいてから意を決したように口を開く。

「こんなこと言って、おかしなやつだとか思わないで欲しいんだけど、さっき居酒屋で、あれ、見えてただろう?」

「あれ……って?」

モゾッと動いた自分のバッグに視線をやると、いつの間にか忍《しの》び込んでいた小鬼たちをお持ち帰りしてしまっている。顔を出していたそれを、七海は急いでバッグにいれていたチェック柄《がら》のショールの下に隠《かく》した。

「そう、そいつだよ!」

どうやら、思い切り見られてしまったらしい。

なんとかうまい言い訳をさがしたものの、咄嗟のことで出てこない。

一志が両肩《りょうかた》を強くつかんできたので、バッグの持ち手をしっかり握《にぎ》り締《し》めながら緊張《きんちょう》して身をかたくした。

「やっぱり、見えるんだよな!?」

強い口調に気圧《けお》されて言葉に詰《つ》まる。揺《ゆ》すられる肩が少々痛かった。

「ごめんなさい、帰らないと」

「俺にも見えるんだ！」

急いで立ち去ろうとした七海は、一志の必死な声に足を止める。

「俺の頭か目が、どうかしたんじゃないかって思ってた。でも君にも見えるってことは、そうじゃないってことだ。そうだろう⁉」

迷った末に小さく頷くと、一志は安堵《あんど》したように胸に溜《た》まった息を吐き出し、その場にしゃがみ込んでしまった。

「物《もの》の怪《け》とか、あやかし……というものだそうですよ」

七海は通行人の邪魔《じゃま》にならないよう、歩道脇《わき》に避《よ》けて身を屈《かが》める。

一志が額に当てていた手をはなし、顔を上げた。

「物の怪……そうか。じゃあ、彼女も……」

「彼女？」

「いや……」

思い詰めたような表情で、一志は黙り込んだ。

物の怪に関《かか》わると、見えやすくなるようだ。一志もそうした経験があるのかもしれない。

「物の怪のことで困っているなら、相談できる人がいるんです。魔除《まよ》け屋というのをやっていて。もし必要なら、その人に聞いてみましょうか？」

「魔除け……屋？」

人に広く知られている仕事ではないので、一志が胡乱《うろん》げな顔をするのも当然のことだ。

「はい、物の怪退治とか、そういうものです」

「物の怪退治……いや、そういうのじゃないんだ。せっかくだけど」

力なく首を横に振ってから、一志は膝に手をついて立ち上がる。

七海もそれに合わせて腰《こし》を上げた。

(物の怪に取り憑《つ》かれて、困ってるわけではないのかな?)

「卯月さん、今度の休み……時間、つくれないか?」

突然《とつぜん》の申し出に、すぐ返事ができなかった。相手は美大の学生ということ以外に知らない。

戸惑っていると、「ほんの少しの時間でいいから」と真剣《しんけん》な顔で頼《たの》み込まれる。冷たくあしらうこともできなくて、七海は迷った末に「それなら」と返事をした。

「よかった。日曜日の四時頃《ごろ》、府立植物園のバラ園にいるから」

安堵したように、一志がようやく笑《え》みを浮《う》かべた。

(よかったの、かな)

一志を見送った後で、星の見えない明るすぎる街の空に瞳《ひとみ》を向ける。

魔除け屋という特殊《とくしゅ》な環境《かんきょう》に身をおいているためつい忘れそうになるが、物の怪を見るなんてそうあることではない。

普通《ふつう》は誰《だれ》かに相談したり、話したりできるようなことではないだろう。見えない人間にとっては理解し難《がた》い。一志が思い悩《なや》むのも当然のことだ。物の怪が見える者同士のよしみというわけではないが、困っているのなら相談に乗ってあげたい。

（猫乃木さんに……どうやって、伝えよう）

七海は思案しながら、ようやく到着《とうちゃく》した祇園方面行きのバスに乗り込んだ。


七海が居候《いそうろう》をしている『猫また堂本舗』は、祇園の風情《ふぜい》のある通りの一角にあった。路地に面した表玄関《おもてげんかん》には、絣《かすり》の暖簾《のれん》がかかっている。

帰り着くと、店の中からは珍《めずら》しく明かりがもれていた。

お客さんでもきているのだろうかと、玄関戸をソロソロと控《ひか》えめに開く。

「ただいま」

小声で言いながら敷居《しきい》を跨《また》いで中に入ると、白黒の斑《まだら》模様の猫がすり寄ってきた。千歳の飼《か》い猫である『雪平《ゆきひら》』だ。

「雪平、ただいま」

そう言いながら、七海は身を屈めて抱《だ》き上げた。

「おかえりなさい、七海さん」

その声に驚いて振り向くと、奥の部屋の襖《ふすま》が開いている。そこに立っていたのは着物姿の青年だ。七海の遠縁《とおえん》で、いまは家主でもある千歳である。

「あっ……」

自分の顔が赤く染まるのを感じて、いつもの「ただいま」という言葉がすぐに出ない。きっと、合コンでおかしなことばかり考えていたからだろう。

「ただいま、猫乃木さん」

ようやくそう言えたことにほっとする。この店に初めてきた時も、いまのように千歳に出迎《でむか》えられたことを思い出した。

祖母が亡《な》くなり、頼《たよ》る親族がいなくなった七海に手紙をくれたのは千歳だ。祖母は自分がそう長くないことを知り、まだ高校生だった七海のその後のことを千歳に託《たく》したようだ。

京都にくるまでは老人だとばかり思っていたので、初めて会った時にはひどくうろたえてしまった。実際の千歳は二十歳《はたち》過ぎの、それもとても綺麗《きれい》な、柔《やわ》らかな雰囲気《ふんいき》の人。

猫乃木千歳、それがこの人の名前だ。

家に帰って、出迎えてくれる人がいる。その幸せは当たり前のものではない。

祖母の葬儀《そうぎ》を終えた後、たった一人で暮らしていた家は、生まれ育った場所のはずなのに、どこもかしこも知らない場所のように感じられた。

寂《さび》しくて、心の中にぽっかり穴があいてしまい、知らない世界に一人取り残されてしまったような気がして。

そんな自分に、千歳はもう一度帰る場所をくれた。

おかえりなさいと言われるたびに、大きな安心感を覚える。幸せだと思う。それと同時に、ここを失いたくないという思いも大きくなっていく。

「楽しかったですか？」

千歳に尋《たず》ねられ、「はい」と慌《あわ》てて答えた。

「それならよかった」

千歳はいつもと変わらず落ち着いた穏《おだ》やかな態度だった。

少しくらいは心配して欲しいなんて、きっと贅沢《ぜいたく》な悩みなのだろう。

七海は気を取り直して、「猫乃木さん、お夕飯は？」と尋ねる。

「いただきましたよ。七海さんがつくっておいてくれたから。あっ、でも、健吾《けんご》が持ってきてくれたゼリーは残してあります」

千歳は後ろで手を組みながら、ニッコリと微笑《ほほえ》んだ。

「七海さんと一緒《いっしょ》に食べようと思って」

そのために、わざわざ電気を点《つ》けて帰るのを待っていてくれたのだろうか。

七海の顔が自然に綻《ほころ》ぶ。

千歳と一緒に暮らすようになってから、些細《ささい》なことがこんなにも嬉《うれ》しい。

「いま、上がりますから」

雪平を抱《かか》え、木戸を開いて通り庭と呼ばれる通路に出ると、いつもより急ぎ足で通り抜《ぬ》けた。

二

「遅《おく》れちゃったかな」

七海は腕時計《うでどけい》に目をやってから、植物園の広い園内を走る。

入園は午後四時までで閉園は五時だ。家族連れなどはすでに荷物をまとめて帰り支度《じたく》を始めていた。園内の案内図を確かめてからようやくバラ園に辿《たど》り着いた時には、四時を十分ほど過ぎてしまっていた。

何種類もの蔓《つる》バラや木バラが植えられており、早咲《はやざ》きのものはすでに開花している。その中で、一志はイーゼルに立てたキャンバスに向かっていた。

「鵜野さん」

駆《か》け寄ると、一志が筆を休めて七海の方を向く。西日が眩《まぶ》しかったのか、少し顔をしかめていた。

「すみません。こんなに広いと思わなくて」

「呼び出したのは俺だから。それに、半分きてくれないかと思った」

「どうしてですか？」

「初対面でいきなり誘《さそ》ったりしたからさ。怪《あや》しまれたんじゃないかと思って」

「いえ、そんなことは」

七海は描《か》きかけのキャンバスに目をやる。水彩《すいさい》絵の具の淡《あわ》い色調で描かれたバラ園の風景画だった。

「すごく、綺麗」

「こんな絵……何枚、描いたって意味なんてない」

一志は急に不機嫌《ふきげん》になり、キャンバスを片づけ始めた。

「気に障《さわ》りましたか？」

「いや、そうじゃない。中途半端《ちゅうとはんぱ》な絵だから人に見せたくないんだよ」

一志はイーゼルをたたみ、パレットや筆を道具箱に放《ほう》り込んで、ぎこちない笑みを浮かべた。

「座ろうか」

蔓バラの棚《たな》の下におかれた、ベンチに移動する。

一志が自動販売機《じどうはんばいき》をさがしにいっている間、腰《こし》を下ろして待っていた。初めて訪《おとず》れたが、木々に囲まれ街中とも思えないほど静かで落ち着いた場所だ。

そのうちに、一志が戻《もど》ってきた。水彩絵の具のついた手が、アイスティを差し出す。

「どこか、店に入ればよかったんだけど」

七海は礼を言って缶《かん》を受け取った。

一志もアイスコーヒーの缶を手に隣《となり》に腰を下ろす。

少しの間、沈黙《ちんもく》を持て余したようにお互《たが》い缶を口に運んでいた。

「ここ……夕《ゆう》が座っていたんだ」

切なげにバラの茂《しげ》みを眺《なが》めながら、一志は飲み終えた缶を少し強く握《にぎ》る。ペコリとアルミの凹《へこ》む音がする。

「いきなり、こんな話しても困るよな。君とも、この前知り合ったばかりなのに」

「その人は、鵜野さんのお付き合いしていた……人ですか？」

「付き合ってた、のかな。そう思ってたのは、俺だけだったのかも」

うな垂れた一志の口もとに自嘲《じちょう》がこぼれた。その彼女の名前が『夕』と言うのだろう。合コンの席で話していた一志が描きたい人というのは、彼女のことのようだ。

「卯月さんは、人じゃないものって信じる？」

七海が戸惑《とまど》って隣を見ると、一志は正面を見つめたまま眉間《みけん》に皺《しわ》を寄せる。

「夕は多分、人じゃなかったんだ」

「物《もの》の怪《け》……だったんですか？」

確かに、物の怪の中には人の前に姿を現せるものもいる。人とほとんど変わらない姿で、現《うつし》世《よ》に溶《と》け込んで暮らしているものもいる。

「どうして、そう思うんですか？」

「なんとなくだよ。感じる……っていうか。最初は、幽霊《ゆうれい》じゃないかって思った」

物の怪は何度も目にしたことがあるが、幽霊というものはまだ一度もない。その存在も怪談《かいだん》話で聞くくらいで、実際にいるかどうかも分からなかった。

思わず、その姿をさがすように辺りを見まわすと、一志に苦笑《くしょう》された。

「いや、いないから。いるなら、むしろ出てきて欲しいくらいだけど」

夕という女性と会ったのは二月《ふたつき》ほど前のことだという。その女性はいつも決まって午後四時少し前に現れ、閉園までの一時間ぼんやりとバラ園のベンチに座っていたという。だから、もしかして幽霊ではないかと思ったそうだ。

「すごく寂しそうで。でも……毎日顔を合わせるうちに、いつの間にか彼女に会いたくて、この植物園に通ってた」

最初はただ遠巻きに、キャンバスに絵を描くふりを続けながら彼女を見ていたのだという。なにを考えているのだろう、なにを思い悩《なや》むことがあるのだろう、誰《だれ》のことを考えているのだろうと。

「考えてるうちに頭から離《はな》れなくなって、気づいたら声をかけてた。不思議そうに俺を見ていたよ。馬鹿《ばか》みたいに一人で話し続けて……でも、夕は話を聞いてくれて、つまんないだろうってきいたら、初めて笑ってくれたんだ」

思い出したのか、一志は唇《くちびる》を引き結んだ。

「その日のうちに告白した。俺と付き合って欲しいって。他《ほか》に考えられなかった。すごく好きになってたんだ」

一志の言葉にはどうしようもない寂しさがにじんでいた。だから、なにもきけないまま、七海は黙《だま》っていた。

彼女の家に行き来するような深い仲になるまで、そう時間はかからなかったようだ。半分同《どう》棲《せい》のような関係が続き、一志は大学を卒業したら結婚《けっこん》することも考えるようになっていたという。

だが、九月に入る前に、彼女は突然《とつぜん》姿を消した。なにも告げずに……。

「この植物園を一緒に歩いて、閉園時間になって門を出て、また明日《あした》って言って別れた。それが最後だった」

「鵜野さんは、夕さんのお家《うち》を知っているのでしょう?」

「いったよ。でも、分からなかった……何度もいったはずなのに、場所が分からなくなってた」

一志は苦しげな表情をにじませる。

「物の怪って言っただろう? あれを見るようになったの、夕と出会った頃《ころ》からなんだ。だから、夕ももしかしたらと思って」

本当に物の怪、だったのだろうか?

七海は半分ほど残ったアイスティの缶を手のひらで包む。

「もし、夕さんが本当に物の怪……だったら？」

七海が問うと、一志が勢いよく立ち上がった。怖《こわ》いくらい真剣《しんけん》な表情で。

「俺は夕が物の怪でも、幽霊でもかまわない。ただ、もう一度……もう一度だけでいい。彼女に会いたいんだよ！」

握り潰《つぶ》された缶が手から落ち、地面に当たって跳《は》ねる。転がった缶から、わずかに残っていたコーヒーが流れ出た。

一志の拳《こぶし》が微《かす》かに震《ふる》えている。

「時間がないんだ。俺はそのうち彼女の名前も、その存在もなにもかも忘れてしまう」

「そんなことは……だって、とても大切な人なのでしょう？」

簡単に忘れるはずがない。自分ならきっと、一生忘れない。忘れたくない。

「思い出せなくなっているんだよ。夕の声や顔や……姿や、交《か》わした言葉も。そんなに時間が経《た》っているわけじゃない。ついこの前まで一緒《いっしょ》にいたのに！」

低く掠《かす》れた声で言い、一志は唇を噛《か》む。

そういうもの、なのだろうか？

七海は足もとに伸《の》びた自分の影《かげ》を不安げに見つめた。

一緒にいる間はその存在や記憶《きおく》も覚えていられるのに、一度離れてしまえばなにもかも忘れてしまう。それが人と人ならざるものの関係なのだろうか？

「物の怪が見えるようになったって言っただろう？　それも、最近はぼやけてきてて……夕とのつながりが切れたからじゃないかって思ってる」

重い沈黙が流れる中、日の光だけが静かにバラ園全体を包んでいる。

楽しげな子供の笑い声も、ここからはひどく遠い。

「卯月さんには関係ない話だよな。でも……君が見えると分かって、誰でもいいから聞いてもらいたかった」

一志は落ち着こうとするように深呼吸した。

以前、人と物の怪は交わることが許されないものだと耳にした覚えがある。

人も物の怪も心がある。通じ合える。分かり合える。なにも変わらないのだと思っている。

だが、やはりそれは『同じ』ではない。

では、そこに望みはないのだろうか？

思い合う心は、交ざり合わないものだろうか？

七海は意を決して立ち上がった。

「私も手伝います。夕さんというその女性をさがすの……見つけられるかどうか分からないけど」

「俺の話、信じるのか？」

「私も……分かるから。鵜野さんの気持ち」

そう言い、七海は微笑《ほほえ》んだ。

「俺ですら、夕のことは本当はただの妄想《もうそう》じゃないかって思い始めてるのに。もしかすると、本当にそうなのかもって……夕がいたって証拠《しょうこ》は俺の記憶の中にしかないから」

「鵜野さんが、物の怪を見るようになったのは本当でしょう？」

だとしたら、一志が物の怪に関《かか》わっていたのは間違《まちが》いない。それが夕だというのなら、彼女は確かに存在したのだろう。

「鵜野さんが信じなければ、本当に彼女はいなかったことになってしまうでしょう？　だから、信じなければだめなんだと思います」

一志はベンチに視線を移す。

夕という女性が座って待っていた場所だ。

いま、ここにないのは彼女の姿だけ……。

「卯月さん、ありがとう。夕を絶対に見つけるよ。彼女との日々を嘘《うそ》にしないためにも、俺はそうしなきゃならない」

ようやく決心がついたのか、一志は表情を引き締《し》めた。

ちょうど、閉園を知らせるアナウンスと、チャイムが鳴り始める。

一志は「俺はまだ覚えている」と、自分自身に言い聞かせるようにもらした。

植物園から戻《もど》ったその日の夕刻、七海は庭先に出した七輪の前にしゃがみ、団扇《うちわ》を手に夕食のサンマを焼いていた。

つい一志と夕という女性のことが気にかかり、手を止めて物思いにふけってしまう。

(夕さんはどうして、急にいなくなったりなんか……)

夕も一志のことを思っていたのは間違いないはずだ。とはいえ、七海は一志から聞いた話でしか夕のことを知らない。本当の彼女の心がどこにあったのかは、確かめようもなかった。

「七海さん、七海さんっ！」

千歳の焦《あせ》った声で我に返る。

煙《けむり》に燻《いぶ》されていたことに気づいて、ケホケホとむせた。

「サンマが……ああっ、こら！」

縁側《えんがわ》にいた千歳が、下駄《げた》をはいて庭先に下りた。

七輪で焼いていたサンマが一匹《いっぴき》消えている。

猫《ねこ》たちが、見つかったとばかりに数匹がかりで一匹のサンマを引きずり、逃《に》げていくところだった。

「行儀《ぎょうぎ》が悪いんだから。すみません。もう少し早く気づけばよかったんですけど」

千歳が困ったような顔をして、頭に手をやる。

「いいえ、私もぼんやりしていましたから。多めに買ってありますし、持ってきますね」

恥《は》ずかしそうに言って、七海は立ち上がった。

台所に向かい、冷蔵庫から予備のサンマをいれていたバットを取り出した。

居間を通って縁側に出る。

庭では千歳が七輪の前にしゃがんで、猫たちに狙《ねら》われないよう、魚を見張っていてくれたようだ。大量の煙に襲《おそ》われ、ひどく煙《けむ》そうに目を瞬《また》かせている。

つっかけをはいて庭に下り、千歳のそばにしゃがんだ。

魚をもう一匹、網《あみ》にのせてからパタパタと団扇であおぐ。


『物《もの》の怪《け》でも、幽霊《ゆうれい》でもかまわない……』


一志の言葉が頭を過《よぎ》り、手を休めて七輪のサンマを見つめる。

皮が香《こう》ばしく焼け、脂《あぶら》が炭に落ちてジュッと音を立てた。

「猫乃木さん、幽霊って見たことありますか？」

そう尋《たず》ねて、千歳の顔を見た。

「幽霊？」

「物の怪と幽霊って、どう違《ちが》うのかと思って」

「ああ……まあ、幽霊も広義の意味では物の怪です。強《し》いて区別をするのなら、物の怪は宿るものがあるけれど幽霊にはそれがない。実体があるかどうかの違いというところでしょうか」

七海は「実体……」と、千歳の言葉を口の中で反芻《はんすう》する。

（夕さんはどっちなのかな？　でも、実体がないのなら触《ふ》れられないだろうし）

人との違いが分からなかったのなら、やはり幽霊ではなく物の怪ということになるのだろうか。

「七海さん、幽霊を見たんですか？」

「いいえ、ちょっと気になっただけで」

慌《あわ》てて答えると、千歳が心配そうに顔を覗《のぞ》き込んできた。

「また、物の怪絡《がら》みのことで悩《なや》んでいます？　七海さんは無意識に引き寄せるから……だめですよ。ちゃんと言ってくれないと。危ない目に遭《あ》ってからでは遅《おそ》いから」

そう言われて、七海はコクコクと頷《うなず》く。

「本当に困ることがあったら、ちゃんと相談しますから」

今回は人捜《さが》しだし、危険な物の怪が関わっているわけではないだろう。千歳ばかり当てにしているわけにはいかない。

と焼き色のついたサンマを菜箸《さいばし》で皿に移した。

千歳が眉《まゆ》をひそめて見つめてくる。そのことに気づかないふりをしながら、七海はこんがり
「猫乃木さん。そろそろ焼けたみたいですよ」

念押しされ、「はい」としっかり頷いた。

「絶対ですよ」


翌日も、七海は一志と待ち合わせて植物園へと向かった。

ランドセルを背負い、元気に下校する小学生の一団とすれ違う。

（そっか。もう夏休みも終わってるんだ）

九月に入っても大学生は休みだ。じっとりと汗《あせ》ばむ暑さも緩《ゆる》む気配を見せない。ただ、聞こえてくる蝉《せみ》の声は夏の盛りのものと違い、気づかずに近づく秋の気配を知らせていた。

並木道を抜《ぬ》けて正門に辿《たど》り着くと、先にきて待っていた一志が大きく手を振《ふ》る。

七海はバッグを肩《かた》にかけながら駆《か》け寄った。

昨日はキャンバスやらイーゼルやら、大荷物だった一志も、今日は身軽な格好だ。

「いこうか」

促《うなが》され、並んで歩き出す。

向かっているのは、夕の家があったという西陣《にしじん》の方面だ。

「夕さんの住んでいた家の住所は？」

七海が尋ねると、一志は首を横に振った。

「細い通りを入ったところだった。古い家だったのは覚えてる。ああ、そうだ……風鈴《ふうりん》があったな。それに表に夕顔が植えてあったよ」

「夕顔……」

一志は彼女の苗字《みょうじ》を知らないという。もしかすると、『夕』という名前すら偽名《ぎめい》だったのかもしれない。

「考えてみれば、俺は彼女のことをなにも知らなかったんだな。それなのに付き合った気になってたなんて」

「夕さんの写真も、ないんですよね？」

「写真が嫌《きら》いな人だったんだよ。写りが悪いからって、隠《かく》し撮《ど》りしようとしたらひどく拗《す》ねられた。口をきいてくれなくなって。やっぱり、こんなことならスケッチの一つも残しておけばよかった」

一志は悔《くや》しそうに頭を掻《か》く。夕と付き合っていた間、彼女はスケッチも嫌ったようだ。自分自身の姿を残されるのを怖《おそ》れているようだったと一志は言った。だから、無理には描《か》かなかったらしい。その時には、こんな風に唐突《とうとつ》に自分たちの関係に終わりがくるなんて思いもしなかったのだろう。

もしかすると、彼女の方は最初から分かっていたのかもしれない。分かっていて、事情があって絵や写真を残さないようにしたのかもしれない。そう思うと、姿を消したのも最初から予定されていたことのように思えた。

夕が姿を消してから、何度か思い返してスケッチを描こうとしたようだが、どうしても顔が思い出せなくて、結局最後まで描いたものは一枚もないという。

「覚えている特徴《とくちょう》とか、服装とか……年齢《ねんれい》は？」

記憶《きおく》をたぐり寄せようとするように、一志は顎《あご》に手をやって唸《うな》った。

「歳《とし》は同じくらい……もしかすると少し年上だったかもな。落ち着いてたし。背は俺と変わらなかったと思う。髪《かみ》は長くて、体型は痩《や》せ過ぎないくらい細かった。だけど、すごく綺麗《きれい》な人だったよ」

遠くを見つめる一志の瞳《ひとみ》に切なさが過る。

いまでも、好きなのだ……。

そう思い、七海は一志の顔を見るのを止《や》めた。

「ああ、それと、ワンピース」

「ワンピース？」

「そう、薄紫《うすむらさき》色の。いつも同じワンピースだった。気に入ってるんだって言って。あと、かんぴょう巻きをよくつくってくれた。植物園で二人で食べたから覚えてる」

「かんぴょう巻き……」

「得意なんだって言ってた。これだけじゃ、難しいよな」

「夕さんが物の怪なら、見えなかっただけなのかも。それに、家があった場所ももしかしたら」

言い淀《よど》んだ七海を、一志が怪訝《けげん》そうな顔で見つめる。

「ともかく、さがしてみましょう」

気を取り直すように笑《え》みをつくり、七海は一志と一緒《いっしょ》に横断歩道を急いで渡《わた》った。


豆腐《とうふ》売りのラッパの音が、祇園の静かな通りに夕暮れの時を知らせる。下駄《げた》の音をカラカラと鳴らしながら、千歳は店の前を落ち着かない様子でいったりきたりしていた。

ベルの音にようやく足を止める。

ブレーキを引いて自転車を止めたのは、制服姿の若い警察官だった。千歳とは旧知の間柄《あいだがら》で、犬塚《いぬづか》健吾という青年だ。

千歳より若干《じゃっかん》年上で、半袖《はんそで》シャツから伸《の》びる腕《うで》は鍛《きた》えられていて男らしい。夏場の巡回《じゅんかい》のおかげで、一回りまた日に焼けていた。

整った男らしい眉と精悍《せいかん》な顔立ちで、柔和《にゅうわ》な中性的とも言える顔立ちの千歳とは対照的だ。

「誰《だれ》か待っているのか？」

健吾が帽子《ぼうし》を持ち上げ、額から垂れてくる汗を袖《そで》で拭《ぬぐ》いながら尋ねる。

「そういうわけでは。ただ、七海さんが」

ソワソワと通りの先を見ていた千歳が、健吾の方に顔を戻《もど》す。そして気まずそうに肩をすくめた。

「……なんでもありませんよ」

健吾は笑いを噛《か》み殺しながら、「そうか？」と答えて自転車を降りた。


裏庭を通り抜けてやってきた健吾が縁側《えんがわ》に腰《こし》を下ろし、暑そうに顔をしかめながら脱《ぬ》いだ帽子を脇《わき》においた。

庭で遊んでいた猫《ねこ》たちがかまって欲しそうに足もとに群がってくる。健吾は一番小さな子猫を片手で抱《だ》き上げた。

その様子を一瞥《いちべつ》し、千歳は正座してお盆《ぼん》を下ろす。

つけたばかりの古い扇風機《せんぷうき》が、キシキシと錆《さ》びた音を立てながらも健気《けなげ》に弱々しい風を送ってくる。

「七海さんはいませんから、お茶がおいしくなくても文句を言わないでください」

いつもより不機嫌《ふきげん》に言いながら、千歳は湯飲みを差し出した。

「熱い……茶なのか」

「心配しなくても適温です」

「つまり、温《ぬる》いんだろう」

健吾はため息をもらして、渋々《しぶしぶ》のように湯飲みを受け取る。

一口啜《すす》ると、案の定苦かったようで眉間《みけん》に皺《しわ》を寄せていた。

「卯月はどこにいったんだ？　買い物か？」

「お友達と出かけていますよ」

「あの、よく一緒にいる女の子か」

健吾が言う女の子とは、七海の友人である都司奈央のことだ。健吾と千歳も、フリーマーケットのイベントなどで顔を合わせたことがある。

「いえ、彼女では……他《ほか》の大学の人みたいです」

健吾がなにか言いたげに顔を向けたので、千歳は軽く眉《まゆ》をひそめた。

「なんです？」

「それで心配になって店の前を徘徊《はいかい》してたのか」

健吾の言葉に、千歳は余計に顔をしかめる。

「心配くらいしますよ。七海さんは年頃《としごろ》の女の子なんですから。なにかあれば、鈴乃《すずの》さんに面《めん》目《ぼく》が立ちません。俺は彼女の保護者がわりなんですから」

「卯月だって大学生だ。あまり小うるさいと嫌われるぞ」

「彼女の交際に小姑《こじゅうと》みたいに口を挟《はさ》むつもりなんてありません。男の人とお付き合いすることだってあるでしょうし。相手が狐賀冬夜《こがとうや》でなければ、反対する理由はありません」

「ようするに、相手がどんな輩《やから》か気になるわけか」

図星を指され、千歳はうっと言葉に詰《つ》まった。

「それは……そうです。七海さんはちょっとどころでなく警戒感《けいかいかん》もないし、物《もの》の怪《け》でもうっかり同情するから……それに、変な男にだまされるかもしれないでしょう？　誰でもすぐに信じるんです」

「まあ、そうだな。卯月は男を知らないだろうし」

正座したまま、千歳は横目で健吾を睨《にら》む。

「そういう露骨《ろこつ》な言い方はやめてください」

「誰かにとられるのが嫌《いや》なら、さっさとものにしてしまえばいいだろう」

「……できませんよ。それだけは、俺が望んではいけないことだ」

千歳は顔を庭の方に戻して、表情を険しくした。

「分からんな」

「七海さんは人ですよ。こちら側の者じゃない」

一度、境界を踏《ふ》み越《こ》えてしまえば、もう二度と戻れなくなる。

「それが重要か？」

「俺には鈴乃さんのような勇気はない。彼女にその勇気を求めることもできない」

交わらぬものが交われば、それは不幸なことにしかならない。

それは道理だ。曲げてはならない、この世界の……。

「でも、もし……彼女に大切な人ができてしまったら、俺はやっぱり寂《さび》しく思うでしょうね」

心の内を吐露《とろ》し、千歳は小さく苦笑《くしよう》した。


（猫乃木さん、心配してるかな？）

七海は祇園の細い路地を急ぎ足で抜《ぬ》けながら、月影《つきかげ》の浮《う》かんだ薄闇《うすやみ》の空を見上げる。

店に帰り着くと、玄関《げんかん》戸を開いて中に入った。

いつものように出迎《でむか》えてくれた雪平に「ただいま」と、声をかけてから通り庭を抜ける。鈴《すず》の音を鳴らしながら、雪平が後をついてきた。

裏庭に出ると、千歳がしゃがんで猫たちに餌《えさ》を与《あた》えているところだった。七海に気づくと、立ち上がって微笑《ほほえ》む。

「おかえりなさい、七海さん」

「ごめんなさい、遅《おそ》くなりました」

七海は慌《あわ》てて頭を下げた。

一志と西陣をまわっているうちに、すっかり帰宅の予定時間を過ぎてしまっていた。

「西陣の方にいっていたんです。さがしている人がいて。早く帰るつもりだったんですけど」

「見つかりました？」

千歳が雪平を抱き上げて尋《たず》ねる。

七海は顔を上げ、小さく首を横に振《ふ》った。

結局、なんの収穫《しゅうかく》も得られなかった。交番の警官にも尋ねてみたが、やはりそんな家は見たことがないと言われた。通りすがりの人や付近の住人にもきいてみたが同じだ。夕という女性を見た人もやっぱりいなかった。

「そう……残念でしたね」

「明日《あした》、もう一回さがしてみようと思います。でも、ちゃんと早く帰りますから！」

縁側に腰をかけた千歳は、雪平をなでながら七海を見上げる。

その瞳《ひとみ》に一瞬《いっしゅん》、ドキッとした。

夕日のように淡《あわ》い色。

千歳はいつも穏《おだ》やかな笑《え》みで、その心を隠《かく》してしまう。

「七海さんが俺に心配かけないように気をつかってくれていることは分かります。でも、そんなこと……気にすることはないんですよ。夕飯なんて、適当にすませる」

千歳は七海から目をそらして話を続けた。

「七海さんが誰かとお付き合いすることになった時に、俺が邪魔《じゃま》をしてはいけませんから」

親切で言ってくれていることは分かっている。だが、千歳にそんな気づかいはして欲しくはなかった。

七海は踏み石に靴《くつ》をそろえて脱ぎ、縁側から上がる。

「私は……誰ともお付き合いなんてしませんよ」

「いえ、でも、そのうち……」

「私は猫乃木さんや、猫たちの面倒《めんどう》を見ている方がずっと幸せなんです。他の人のことなんて考えられません」

「七海さん？」

「すぐ、お夕飯の準備しますから」

戸惑《とまど》う千歳に笑みを向け、七海はパタパタと台所に向かった。

夕をさがして三日目、七海と一志はバス停のベンチに腰をかけながら同時にため息を吐《つ》いた。

朝からさがして、もうお昼をとっくに過ぎてしまったが、なに一つ手がかりを得られない。路地や家の隅《すみ》をうろついていた小さな物の怪に話を聞こうとしても、逃《に》げられたり、なにを言っているのか分からなかったり、挙げ句には小豆《あずき》を投げつけられる始末だ。彼らとコミュニケーションをとるのは、相当に難しいらしい。

「やっぱり……もう……見つけられないのかもしれない。卯月さんに付き合ってもらったけど、無駄足《むだあし》だったな」

すっかり気落ちしてしまったらしく、一志が深くため息を吐く。

「無駄足ではありませんよ。私たちがさがしていることに、夕さんの方が気づいてくれるかもしれないでしょう？」

暑さのせいで余計に気が滅入《めい》ってしまうのだ。座っているだけで、汗《あせ》が流れ落ちてくる。

「夕が人じゃないかもって思った時から、頭のどこかでは覚悟《かくご》してたんだ。いつか消えてしまうんじゃないかって、そんな気がしてたし。俺は彼女の儚《はかな》さに惹《ひ》かれたのかもしれないな」

消えてしまいそうだったから。それをどうしても現世《うつしよ》に留《とど》めておきたくて、必死にさがしているのかもしれないと。

七海は首筋から垂れる汗をハンカチで拭《ぬぐ》い、容赦《ようしゃ》なく照りつける太陽を眩《まぶ》しそうに見上げる。

どうにもならないのだろうか？

考えても、七海には答えが見つからなかった。

人と人ではないものは交わることはないと以前に聞いた。交わってはいけないのだと。

それは、同じ世界で生きているように見えても、違《ちが》う世界に生きる者だから。

では、なんのために出会うのだろう？

なんのために、思いをつなぐのだろう？

ただの、一時の逢瀬《おうせ》……。

それだけのことでしかないのだろうか？

バスが一度、停留所に止まってから発車する。

その行き先の表示板を目にして、七海は立ち上がった。

戻橋《もどりばし》にいる『彼女』なら、夕のことも何か知っているかもしれない。西陣からそれほど遠い距離《きょり》ではない。

「卯月さん、どうかした？」

「私、ちょっと人に会ってきます。戻《もど》ってきたら連絡《れんらく》しますから」

肩《かた》にバッグをかけ、バスを追いかけるように駆《か》け出した。

コンクリートで整備された細い水路のような川に小さな橋がかかっている。陽炎《かげろう》の中、川沿いの柳《やなぎ》が暑そうに枝葉を垂らしていた。

蟬《せみ》の声に車の走行音が混ざり合い賑《にぎ》やかだ。

七海は肩で息をしながら、顎《あご》に垂れてきた汗を手で拭う。

「お昼まだならさ、おいしいガレットの店があるんだけどいかない？　それともイタリアンがいい？　なんでも奢《おご》っちゃうよ」

橋の欄干《らんかん》に腰《こし》かけている少女に若い男が声をかけている。少女の方は高校生くらいで、アイドル顔負けの可愛《かわい》らしい顔立ちだ。

男の方は学生だろう。狭《せま》い橋の真ん中に車を堂々と停めているため、自転車で通り過ぎる人がひどく迷惑《めいわく》そうだ。

「えー、どうしよっかなー。私、高級フレンチしか食べたことないしー。アワビとフォアグラが食べたいなって。それにおいしーワインもないとー」

少女は両手の拳《こぶし》を口もとに運びながら瞬《まばた》きしてみせた。

「橋姫《はしひめ》ちゃーんっ！」

七海が大きく手を振りながら呼ぶと、彼女の笑顔がかたまる。

「あっ……やっぱ、いいや、俺。それじゃあ」

男は後退《あとずさ》りすると、急いで車に乗り込みドアを閉める。そのまま、騒音《そうおん》を響《ひび》かせながら走り去ってしまった。

七海が駆け寄ると、少女は笑みを消してチッと忌々《いまいま》しそうに舌打ちする。そして、腕《うで》と脚《あし》を組み、七海を恨《うら》めしげに睨《にら》みつけた。

「せっかく、鴨《かも》を見つけたと思ったのにあんたのせいで取り逃がしたじゃないの!」

「ごめんなさい。お邪魔……だったかな?」

「お邪魔よ! 見て分からないわけ!?」

橋姫というのは少女の本当の名ではない。七海がつけた仮の名だ。

戻橋に棲《す》まう鬼《おに》というのが彼女の正体だ。

以前、七海は誤解がもとで彼女に呪《のろ》われそうになったことがある。そのことは、七海はそれほど気にしてはいない。誤解も解けたことだし、彼女は本来それほど悪い物《もの》の怪《け》というわけではなく、理由がなければ人を傷つけるようなことはしない。こう見えて意外に純情で一途《いちず》なところもあるのだ。

妖力《ようりょく》の強い物の怪は人の姿をとり、人の中に交じって暮らしているというが、彼女もそんな物の怪の一人だった。

「まあ、別にいいけど。つまんなそーなやつだったし」

橋姫はカールした髪《かみ》を指に巻きつけながら、「で、なによ?」と面倒そうに尋《たず》ねた。

「あ、うん。ちょっと相談したいことがあって」

七海がそう言うと、ズイッと片手が差し出される。

「相談料がわり。鴨を逃がしたんだから、あんたがご飯、奢りなさいよ！」

強気な口調で要求され、七海は「うん、いいよ」と笑顔で答えた。

「あ、でも……アワビとフォアグラを食べる……ほどは持ち合わせがないんだけど」

「どいつもこいつもしみったれてるわね！　世の中のお金はいったいどこをまわってるのよ。まあ、あんたにそんなに期待してないけど」

橋姫はトンと欄干から下りる。

「かき氷……かき氷、食べたい。白玉がゴロゴロ入ってる宇治金時が食べたい。暑いーっ！」

我慢《がまん》ができないというように、橋姫はその場で地団駄《じだんだ》を踏《ふ》む。

「それなら奢れるよ。でも、ご飯を食べないのにかき氷なんて食べたらお腹壊《なかこわ》さないかな？」

「じゃあ、天ぷら食べる」

「かき氷に天ぷらは食べ合わせが悪いよ」

「私を誰《だれ》だと心得ているのよ。その辺の人間と一緒《いっしょ》にしないで。さっさといくわよ。鴨娘《かもむすめ》！」

そう言うと、橋姫は肩にかかる髪を払《はら》い除《の》けて歩き出した。七海は「待って、橋姫ちゃん」と言いつつ小走りに追いかけた。久しぶりに会った彼女は、やはり相変わらずだ。

比較的《ひかくてき》リーズナブルな和食屋で天ぷら定食を食べた後、宇治金時のかき氷を二つ注文する。

すでに午後二時過ぎなので、店内には七海たちの他《ほか》に二組ほどしかお客さんがいない。ゆったりとした琴《こと》の曲が静かな店内に流れ続けていた。

運ばれてきた宇治金時は練乳がかかり、白玉で囲まれたなかなか美味《おい》しそうなものだ。

それに機嫌《きげん》をよくしたのか、橋姫は白玉とかき氷、それに小豆を一緒に口の中に入れ、満足そうな笑《え》みを浮《う》かべた。

「橋姫ちゃんが前に話してたでしょう？　物の怪と人は交わらないものだって」

橋姫は七海を一瞥《いちべつ》してから、スプーンをくわえたまま「まあね」と、素《そ》っ気なく答える。

「ついに、あの魔除《まよ》け屋にふられたわけ？　やめときなさいよ、あんなやつ。しょせん中身はただのケダモノよ」

「猫乃木さんのことじゃないよ。それに、猫乃木さんはケダモノじゃないもの」

確かに、正体は猫《ねこ》……のようなものかもしれないが千歳は千歳だ。

「男なんて、人だろうが物の怪だろうが、ケダモノには変わりないわよ」

「……そうなの、かな？」

七海が首を傾《かし》げると、橋姫は「そうよ！」と、自信たっぷりに大きく頷《うなず》いた。

「そういうケダモノを調教するのが、女の至上の喜びじゃない」

「えっと、その気持ちは……よく分からない、かな？」

橋姫の思考は時々過激なので、七海には理解し難《がた》い。

「だから、あんたは芋《いも》なのよ」

「人とそうじゃないものの恋《こい》って、やっぱり成就《じょうじゅ》しないのかなって。どう、なのかな?」

七海は話を戻し、橋姫の顔色を遠慮《えんりょ》がちにうかがった。彼女はこの京の都で千年近くの時を生きている。七海よりも遥《はる》かに色々な物事を見てきただろう。だからこそ、彼女に相談しようと思ったのだ。

「成就するかしないかなんて、そんなもの本人の本気次第《しだい》じゃないの。物の怪だからとか、人だからとかこだわってあきらめるなら、その程度の気持ちしかなかったってことでしょ。本気で相手のことを欲しいと思えば、私ならどんなことをしても手に入れるし、あきらめたりなんかしない」

「相手が人間の男の人……でも?」

「だって、好きだって気持ちはどうしようもないじゃないの」

そう言って、彼女はパクッと氷を口に運ぶ。冷たかったのか、「んーんっ!」と唸《うな》りながらこめかみを押さえている。

彼女はいまでも、犬塚健吾のことが好きだ。その好きだという自分の気持ちに、彼女は真っ正直で迷いがない。その強さは七海が憧《あこが》れるものだ。

彼女を嫌《きら》いになれない理由の一つでもある。

(そっか……そうだよね。どうしようもないよね)

胸の奥にたまっていたモヤモヤとした気持ちが、少しばかりすっきりとしたような気がした。

七海は少し身を乗り出し、「あのね」と夕の話を切り出す。

一志が夕と出会った経緯《いきさつ》や、行方《ゆくえ》不明になった夕をさがしていること、一志から聞いた彼女の特徴《とくちょう》を伝えた。

「橋姫ちゃんなら、そういう女の人に心当たりがあるんじゃないかと思って。どうかな？」

橋姫はスプーンを口から離《はな》すと、七海を上目づかいに見る。それからもう一口、かき氷をパクッと頬張《ほおば》った。

「知らない……わけでもないけど」

「本当に⁉」

「当たり前よ。この界隈《かいわい》で私が知らない物の怪なんているわけないでしょ」

橋姫はすました顔でかき氷をつつく。

「その人、どこにいるのか分かる？」

「さがしても無駄《むだ》じゃないの？」

「どうして？」

「決まってるじゃない！　女が男の前から姿を消す理由は二つ。もう、用なしになったか、そうじゃなかったら他の男に乗り換えたか」

七海は驚《おどろ》いて瞬きした。

他の男に……その可能性は考えなかった。だが、そんなことは一志には話せないだろう。気が重くなるのを感じて、溶《と》け始めているかき氷に目をやる。

「気に入った男なら、スッポンのようにくいついてるわよ」

「他に一緒にいられない理由があるのかも」

「どんな理由よ。あんた、食べないならその白玉、よこしなさい」

「あ、うん。いいよ」

七海は手つかずのかき氷を、橋姫の方に寄せた。

「お家《うち》の事情があるとか……たとえば、急に病気になって会いにいけないとか」

「どのみち、その女は人間の男をあきらめたってことでしょ。あんたが余計なことをしたって無駄よ。そいつにも言っておきなさいよ。しつこい男はうざがられるって」

そう言われてしまうと返す言葉がない。橋姫の言うことはもっともなことだ。

「もしも、理由があって……どうしても一緒にいられないのなら仕方がないことなのかもしれない。でも、せめてもう一度会ってあげることはできないのかなって。鵜野さんの願いもそれなんだよ」

きっと、心の中で分かってるのだ。彼女とはもう望みがないということを。だから、一志の願いは最初から復縁《ふくえん》ではなかった。もう一度、会いたいというものだった。

「会ってどうするのよ。失望するだけかもよ。その物《もの》の怪《け》の女の本性《ほんしょう》を知って」

頬杖《ほおづえ》をつきながら、橋姫が面倒《めんどう》そうな口調で言った。スプーンがザクザクと氷を崩《くず》していく。

「それは……そうかもしれない」

七海はうつむいて、小さな声で答えた。

だから、悩《なや》むのだ。

「でも……でも、やっぱりこのまま、なにもかも忘れてしまったら」

顔を上げて、橋姫を見つめる。

「悲しみも忘れられる」

橋姫の深い黒色の瞳《ひとみ》が、七海を見つめ返した。

一緒にいた記憶《きおく》も喜びも忘れるかわりに、喪失《そうしつ》の痛みも悲しみも一緒に忘れる……。

後に残るのは、その人と出会う前の自分だけ。

七海はスプーンを強く握《にぎ》り締《し》めていた。

「それでいいなんて、私には思えないよ」

自分ならいやだ。たとえどんな理由であっても、ちゃんと知りたい。たとえそれが受け入れがたい真実だったとしても。

橋姫が「ああ、もう。面倒くさいわね！」と、苛立《いらだ》たしげに言う。

「夕顔。それが名前。名前というか、本性？」

「花の……夕顔のこと？」

七海は橋姫の顔を見て尋《たず》ねた。

そういえば、一志は夕の家にも夕顔が植えてあったと言っていた。

「でも、もう……消えてるかもね」

橋姫は不機嫌《ふきげん》そうに顔をそむけ、ポツリと呟《つぶや》いた。

あれは、そう長くは生きられないものだからと。


ぼんやりとしながら歩く七海の後を、影《かげ》が無言でついてくる。植物園の広い園内では、老夫《ふう》婦《ふ》や若い親子連れが散策をしたり、キャンバスやスケッチブックを手に絵を描《か》いている人たちの姿があちこちに見られた。

消えてる……。

七海は橋姫の言葉を思い返し、表情を曇《くも》らせた。

バラ園までくると躊躇《ちゅうちょ》するように足が止まる。

ベンチに座って待っていた一志が立ち上がり、待ちかねたように駆《か》け寄ってきた。

「卯月さん！」

「夕のこと、なにか分かった？」

七海が小さく頷くと、痛いほどの力で両肩《りょうかた》をつかまれる。

「どこに……彼女はどこにいるんだ!?　教えてくれ」

「場所までは、分からなくて」

そう答えると、一志は落胆《らくたん》の表情を浮《う》かべて七海から手を離した。その唇《くちびる》が、「そうか」と呟く。

「ごめんなさい。あまり、役に立てなくて」

「いや、卯月さんのせいじゃない。もともと君には関係のない話なんだし」

「明日《あした》、もう一度」

「いや、いいんだ。もう……」

一志は力なく首を横に振《ふ》る。

「あきらめてしまうの？」

「仕方ないさ。彼女が現れないのは、俺に会いたくないからだ。だったら、無理に会えば夕を傷つける」

「待っているかもしれないでしょう？　自分からは会いにいけない状況《じょうきょう》でも、もしかしたら鵜野さんがさがして、会いにきてくれるのをどこかで……」

「もう、いいんだよ！」

苛立ちを含《ふく》む強い口調で遮《さえぎ》られ、七海は言葉を切る。

「夕がいなくなって何度も、何度も、植物園にも、西陣にも足を運んでさがした。卯月さんと一緒《いっしょ》ならもしかしたらと思ったけど、やっぱり……無理だった。きっと、彼女はもういない」

真っ直《す》ぐに七海を見て、一志は静かに言った。

「彼女は幻《まぼろし》みたいなものだったんだ」

立ち去る一志の背中に、かけるべき言葉を思いつけなかった。


その日の夕方から降り出した雨が、家の裏庭を濡《ぬ》らす。

縁側《えんがわ》でその様子を眺《なが》めていた七海は、ふと気づいてつっかけをはき、庭に下りた。

いまは使われていない井戸《いど》のそばにいき、身を屈《かが》める。

手で雑草を少しかき分けると、白と薄紫《うすむらさき》色のグラデーションの綺麗《きれい》な蕾《つぼみ》が顔を出した。植えたものではなく、どこからか種が飛んできたか、落ちたのだろう。

七海は雨に打たれながら、その蕾を眺《なが》めていた。

一夏の夕暮れにだけに咲《さ》く、幻……。

手でそっと蕾に触《ふ》れる。水滴《すいてき》が指先を伝って落ちた。

不意に雨が遮られ、七海は顔を上げる。

差しかけられた和傘《わがさ》に雨が当たり、伝い落ちていく。

「猫乃木さん……」

千歳は身を屈め、七海の手もとの蕾に視線を向けた。

「夕顔ですか」

「うちのお庭でも見たような気がして」

「夕顔といえば、かんぴょうの原料になるんですよね？」

「えっ、本当ですか？」

「健吾の受け売りですけど。実がなるそうですよ」

千歳が七海を見て微笑《ほほえ》む。

「知らなかった。そういえば、かんぴょう巻きって」

「かんぴょう巻き？」

「いいえ、かんぴょう巻きはおいしいなって思っただけで」

七海は慌《あわ》ててそうごまかした。

顔を戻《もど》し、もう一度、夕顔の蕾を見る。

「猫乃木さん……もしも、ですよ」

七海は千歳に背を向けたまま、ためらいがちに尋ねた。

「もしも、私が……急にいなくなったら、どうしますか？」

千歳はすぐには答えなかった。

当たり前だ。そんな質問、されても困るだけだ。

いったい、どんな答えを期待しているのだろう?

立ち上がると、七海は軽く息を吐《は》いてから千歳の方を向いた。

ただ、きいてみただけですと笑おうとしたのに、千歳の真剣《しんけん》な表情を見て言葉が出なかった。

「ごめんなさい、変なことをきいて」

「さがします。どんなことをしても」

いつもより、少し低い声だった。

「絶対に、見つけますから。どこにいても」

戸惑《とまど》うように見上げると、千歳の手が頬《ほお》にかかっていた髪《かみ》をそっと耳にかけてくれた。

七海は渡《わた》された傘の柄《え》を握り締め、居間へと戻っていく千歳の背中を見つめる。

そう……あきらめられるはずなんてない。

一度、胸に宿った思いは、簡単に消えてしまうような、忘れてしまえるようなものではない。

だから、希望をさがしてしまうのだ。

雨の滴《しずく》が落ちてくる空に瞳《ひとみ》を向けた。

どんなに、わずかでもいいから……。

三

翌日も小雨《こさめ》がグズグズと降り続いていた。

七海は傘を肩《かた》にかけながら、一人、夕の家をさがして西陣の通りを歩いていた。見かけた人や小さな物《もの》の怪《け》たちに尋ねてみたが、やはり芳《かんば》しい情報はない。何度も顔を合わせた住人には、「まだ、見つからないのかい?」と心配される有様だ。

一志に連絡《れんらく》を取り、もう一度一緒にさがしてみようと呼びかけるのも、昨日の様子を思うとためらわれた。

なに一つ、確かなことが分からない。夕という女性に会い、その気持ちを確かめるまでは。

何度となく往復した道に、夕の住んでいたという家はない。家ごといきなり消えてなくなるなんてことはないのだから、やはりその場所は『あちら側』なのだろうと思えた。

ただ、そこに辿《たど》り着くにはどうしたらいいのか、七海には分からなかった。

夕が一緒でなければ入れない、そういう場所なのか。

それとも、本当に……。

時計に目をやると、さがし始めたのは昼過ぎだったのに、気づけばもう午後五時をまわっていた。そろそろ帰らなければ、夕飯の準備が遅《おそ》くなってしまうだろう。

気落ちした足取りでバス停に戻ろうとした時、白黒の斑《まだら》模様の猫《ねこ》が、トトトッと歩み寄ってきた。その猫は七海の前で行儀《ぎょうぎ》よく座ると、甘えた鳴き声を上げる。

「あれ、雪平？」

背中の模様も声も雪平のものだ。七海は雨に少し濡れた体を両手で抱《かか》え上げた。その拍子《ひょうし》に肩にかけていた傘が傾《かたむ》いて視界を隠《かく》す。

「見つかりましたか？」

聞き慣れた穏《おだ》やかな声に尋《たず》ねられ、七海は傘を直して顔を上げた。半袖《はんそで》のポロシャツとズボンというごくカジュアルな格好の千歳が、黒い傘を手にそばに立っていた。

七海が、「どうして」と驚《おどろ》いていると、千歳が頬を掻《か》きながら苦笑《くしょう》した。

「ちょっと、心配になって」

「ごめんなさい、ちゃんと……話さなくて」

雪平を腕《うで》に抱《だ》きながらうつむくと、千歳が表情を和《やわ》らげて七海の頭にポンと手をのせた。

「夕顔、さがしているんでしょう？」

「知っていたんですか？」

「いえ、まあ」

顔を上げてきくと、千歳は微妙《びみょう》に視線を逸《そ》らしつつ言葉を濁《にご》す。

「私では見つけられなくて。橋姫ちゃんの言うとおりなのかもしれません。もう……」

「夕顔は夕暮れ時に咲き始めるもの、でしょう？」

手をとられ、七海は戸惑いながら千歳の後についていく。

腕に抱えていた雪平が飛び下りて、二人を追い越《こ》した。

「あっ……雪平」

七海が呼ぶと、振《ふ》り向いて小さく鳴く。まるで自分についてこいと言っているようだ。そして、電信柱の陰《かげ》になっている細い路地にスルリと入り込んでしまった。

千歳は七海に向かって微笑み、雪平を追うように少し早足にその路地へと向かう。

人がようやく通れるほどの幅《はば》しかない石畳《いしだたみ》の路地。

(こんな路地……)

風鈴《ふうりん》の音が微《かす》かに聞こえてくる。

千歳の後に続いて、七海は路地に足を踏《ふ》み入れた。

突《つ》き当たりまでいくと、古い二階建ての木造家屋があった。玄関先《げんかんさき》に植えられているのは一志の記憶《きおく》にあったのと同じ夕顔のプランター。だが、その葉は茶色く枯《か》れて、風が吹《ふ》くたびパラパラと地面に落ちていく。

二階の窓は開いていて、庇《ひさし》に吊《つ》り下げられた風鈴が来訪者を告げるように鳴り続いていた。

「どうして、ここが分かったんですか？」

千歳には何一つ詳《くわ》しく話していないのに。一志と一緒《いっしょ》に足が棒になるほど歩いてさがしても見つけられなかったのに。千歳はこんなに簡単に見つけてしまった。

「それは、なんとなく」

悪戯《いたずら》っぽい笑《え》みを見せる千歳を、七海はマジマジと見つめてからため息をもらした。

千歳の手は煩《わずら》わせまいと思っていたのに。

「また、猫乃木さんにお手伝いしてもらったんですね」

「七海さんがなにか思い悩《なや》んでいるみたいだったから。お節介《せっかい》かと思ったんですけど」

「そんなことありません。私じゃいくらさがしてもここには辿り着けなかったから。猫乃木さんのおかげです」

七海は笑みを返し、それから改めて家の二階を見上げた。

窓が開いているのは、誰《だれ》かいるということだろう。

チャイムらしきものは見当たらなかったので玄関戸を叩《たた》く。

「ごめんください」

何度か呼びかけると、しばらくしてから横引きの玄関戸がガラガラと音を立てて開いた。

出てきたのは夕ではなかった。小さな双子《ふたご》の少女だ。髪は長く、二人とも白いワンピースを着ている。警戒《けいかい》するような、怯《おび》えたような瞳で七海と千歳を見上げていた。

「あ……えっと、夕さんという方に会いたいのだけど」

身を屈《かが》めて告げると、双子の少女は顔を見合わせる。

「姉様……ご病気なの」

一人がひどく小さな声で教えてくれた。

「病気？　とても悪いの？」

驚いてきくと、二人はコクッと頷《うなず》いて家の中に戻る。

「こっち」

一人が手招きするので、七海は「お邪魔《じゃま》します」と言いながら中へ足を踏み入れた。雪平を抱《だ》きかかえた千歳が後に続く。

双子の少女に案内されて二階に上がると、襖《ふすま》の閉《と》ざされた部屋があった。

少女たちがその襖を開いて入ると、中から女性の声が聞こえる。

「七海さん」

腕を軽く引っ張られて、七海は千歳を振り返った。

「俺は雪平もいるので、ここで待っています」

「あっ……そうですね」

相手が病《やまい》に伏《ふ》せる女性なので遠慮《えんりょ》したのだろう。それに、夕に用があるのは七海だ。これは千歳の『魔除《まよ》け屋』の仕事ではない。

「どうぞ……」

消え入りそうな小さな声に招かれ、部屋へと入る。

畳《たたみ》の上に敷《し》かれた布団《ふとん》以外になにもない。箪笥《たんす》の一つもおかれていなかった。

布団に横になっていた女性が、ゆっくりと身を起こす。長い黒髪《くろかみ》が肩に流れた。

一志が話していた通りの女性だ。ほっそりとして、とても綺麗《きれい》で美しい人。ただ、その首筋や手首などはひどく頼《たよ》りなかった。肌《はだ》は透《す》き通るほどに白いが、顔は青ざめている。

双子の少女が言う通り、具合はそれほどよくはないのだろう。

「ごめんなさい。こんな格好で……」

女性は恥《は》ずかしそうに肩にはおったカーディガンを引き寄せる。

「いいえ、突然《とつぜん》押しかけてきてしまって。夕さん……ですか？」

「一志さんから聞いたのね」

七海がどうして分かったのだろうと驚いていると、夕は目を細めた。

愛《いと》おしさと寂《さび》しさの入り交じる瞳だった。

「私をそう呼ぶのはあの人しかいないから」

夕にとっても一志は特別な、大切な人だったのだ。

その表情を見て、七海はそう感じた。

「鵜野さんが会いたがっています。夕さんが病気だということを知らないから……どうして会いにきてくれないのか分からなくて、とても心配していました」

夕は静かに瞼《まぶた》を伏せてしばらく押し黙《だま》ったままでいた。

「あの人には会いません。会わないと決めたんです」

「夕さん」

「動くのが辛《つら》いのなら、鵜野さんをここに」

夕は静かに首を横に振った。

「私の姿が見えて、ここにこられたということは、あなたは私が人ではないものだと知っているのでしょう」

「鵜野さんもそれは知っています。知っていて、あなたに会いたいと思っているんです」

「表の夕顔を見ましたか？　あれが、私……私の本性《ほんしょう》なんです。ずっと前から病にかかっていて、もう今年で花をつけるのは最後だと覚悟《かくご》していました。秋がくる頃《ころ》には、私もこの姿を保っていられないでしょう」

「だから、鵜野さんの前から……？」

夕はふっとため息をもらして、綻《ほころ》んだ部屋の壁《かべ》を見つめる。

「強い思いを抱《いだ》きすぎると、あの人をこちら側に引きずり込んでしまうから。人でないものは、人と近づきすぎてはいけないの」

（そういえば、猫乃木さんも……）

自分が執着《しゅうちゃく》したものは物の怪《もののけ》になるからと話していた。その時にはその意味をあまり深くは考えなかった。だが、物に対してもそうなら、人に対してもそうなのかもしれない。

「本当は、最初から出会うはずのない人だったんです。こんな……こんな風に……あの人を惑《まど》わせるつもりじゃなかった」

考え込んでいた七海は、夕の言葉に顔を上げた。

「後悔《こうかい》、しているんですか？」

出会わなければよかったと、そう思うのだろうか？

「最後なら、一度くらい……人の世を見てみたいと思って。この家から初めて出たんです」

フラフラと街を歩いて、疲《つか》れた頃に植物園にいき着いた。美しく咲《さ》き誇《ほこ》る花や、日の光を浴びて生《お》い茂《しげ》る木々の葉、それらを見ていたら少しは自分も元気になれるのではないかと。そんな時、一志と出会ったのだと夕は言う。

どうして人間である一志に、本来見えるはずのなかった夕の姿が見えたのかは分からない。ただ、それは『縁《えにし》』なのだと思ったそうだ。

一志は相手が物の怪などと知らず、ただ一人の人間の女性だと思い話しかけてくれる。

「嬉《うれ》しかった……ずっと、人のように生きてみたいと思っていたから。多分、私は浮《う》かれていたのね。一志さんと一緒にいる時間は楽しくて。自分がじきに消えていくことなんて、忘れていたの」

つい最近のことなのに、まるで遠い日のことを懐《なつ》かしむような口調で夕は話す。

「でも、大切になればなるほど怖《こわ》くなった。この人をこちらに取り込んでしまえば、いっそのこと一緒に消えてしまえばいいのにって、そう思う私がいたから」

「浅ましいでしょう？」と、自嘲《じちょう》気味に微笑《ほほえ》んだ夕の瞳《ひとみ》から涙《なみだ》がこぼれ落ちた。

「私の本性はやはり物の怪なのね。人ではないと思い知ったの。でも一時でも人のような気持ちであの人を愛せた。私にはすぎるほどの幸せをもらった。だからもう、十分」

七海はうつむいて夕の言葉を聞きながら、スカートを握《にぎ》り締《し》めた。

「鵜野さんは……鵜野さんの気持ちはどうなるんですか？」

「あの人は私のことなどいずれ忘れてしまう。そうすれば、もう私のことなどに心を囚《とら》われることはないわ。別の誰《だれ》かと結ばれて幸せに……」

「そんなの、勝手です！」

七海は思わず声を大きくして、夕の言葉を遮《さえぎ》った。

「大切な人のことをなにもかも忘れて、出会ったことすらもなかったことになって、それで別の誰かと出会ったとしても、幸せなんて感じられるはずがないでしょう！」

夕は少し驚《おどろ》いたように目を瞠《みは》っていた。

「私はそんなの……絶対にいやです。たとえ、離《はな》ればなれになることになっても、一緒《いっしょ》にいられなくなったとしても、その人との大切な記憶《きおく》だけは忘れたくない。たとえ辛くても、覚えていたい。そう思うものでしょう⁉」

夕は辛そうに眉《まゆ》をひそめたまま答えなかった。

分かっている。夕にもどうしようもないということは。

彼女だって本当は、こんな別れをしたかったわけではないだろう。残酷《ざんこく》にも近づく命の終わりに抗《あらが》う術《すべ》などない。姿を消したのは、彼女なりの苦渋《くじゅう》の決断《けつだん》だったはずだ。

「時間がないのなら、なおさら……鵜野さんに会ってあげてください。ちゃんとお別れをしないと、鵜野さんはきっと、この先も夕さんをさがし続ける。たとえ忘れてしまっても、心がさがすんです」

唇《くちびる》を噛《か》んでうつむいた夕の表情を長い髪《かみ》が隠《かく》した。

夕だって、このままでいいとは思っていないはずだ。一志に会いたいはずだ。大切な記憶だけを胸にひっそりと抱き、一人で消えていくなんて。そんなのは寂しすぎる。

せめて、あと少しだけでも……。

時間が残されている限り。

「お願いです。鵜野さんのために……もう一度だけ、会ってあげてください！」

七海は頭を下げる。

長い、長い、沈黙《ちんもく》があった。

「……………ま……せん…………できない……私には……」

うなだれたまま、夕は消え入りそうな声でそう言った。

「夕さん！」

強く呼びかけると、夕が顔をゆっくりと上げる。

「いま、会いにいかなければ、あなたは本当にあの人の中で幻《まぼろし》になってしまうんですよ!?」

「人は幻に惑わない方がいい……あの人の日々はここだけにあればいい」

彼女は自分の胸にそっと手を押し当ててそう微笑んだ。

夕はそれでいいと決めてしまっている。その心を動かすことは七海にはできない。

彼女の心に届くとしたら、それは一志の言葉だけだ。

「明日《あした》、植物園で……あなたと鵜野さんが初めて会った場所で待っているように、鵜野さんに伝えます。だから、夕さん。あなたもきてください」

一方的に告げて立ち上がる。

部屋を出ていこうとすると、夕が焦《あせ》ったように「待って！」と引き止めた。

「私はいけない……いきません。あの人にはこれ以上、私を待たないようにと！」

夕の言葉を背で受けながら、七海はパタッと襖《ふすま》を閉める。

顔を上げると、千歳が廊下《ろうか》の壁に寄りかかって待っていた。

話はおそらく聞こえていたのだろう。

「猫……乃木さん……」

呟《つぶや》くように呼んだ途端《とたん》に、込み上げてきたものを堪《こら》え切れなくなった。

歩み寄り、千歳のポロシャツをつかみながら声を押し殺して泣く。

薄暗《うすぐら》くて千歳の表情ははっきりと見えない。

いつもは優《やさ》しいのに、千歳は無言のまま、慰《なぐさ》める言葉もかけてはくれなかった。


翌日、七海は一志と植物園で落ち合い、夕がくるのを待っていた。だが、昼を過ぎて、午後四時をまわっても夕が姿を見せる様子はない。

バラ園のベンチに腰《こし》をかけた一志は、落ち着かない様子で何度も腕時計《うでどけい》を確かめる。

「本当に、彼女はくるのか？」

隣《となり》に座った七海も自分の時計に目をやる。

入園時間もすでに終了《しゅうりょう》してしまっている。園内を何度かさがしに出かけたが、彼女の姿を見つけることはできなかった。

「閉園までもう少しありますから。きっと……きてくれますよ」

すっかり意気消沈《いきしょうちん》してうな垂れた一志が、思い出したようにリュックからスケッチブックと鉛筆《えんぴつ》を取り出した。

「それは？」

「夕のこと、思い出そうとして何度も描《か》いてみたんだけど」

スケッチブックには女性のラフ画がいくつも描かれている。

髪の長い細身の女性だ。だが、その顔はどれもぼやけていてはっきりしない。

「顔だけ思い出せなくて」

一志の指が女性の顔の線をなぞった。彼女の頬《ほお》に触《ふ》れた時の感触《かんしょく》を思い出そうとするように。

「今日会えば、思い出せると思ったんだ。それに、これも」

一志がリュックの中をさがして取り出した小さなキャンバスには、水彩画《すいさいが》が描かれていた。光り輝《かがや》く夕暮れの空に向かってひっそりと、それでいて毅然《きぜん》と顔を上げている夕顔の花びら。

「夕に渡《わた》そうと思って、慌《あわ》てて仕上げた。俺のことを夕にも忘れて欲しくなくて」

キャンバスにポタポタと滴《しずく》が落ち、一志は慌てて目頭《めがしら》を手のひらで押さえた。

「本当は最後になんてしたくない。ずっと、一緒に……っ」

途切《とぎ》れ途切れにつながれる震《ふる》えた声には、悔《くや》しさがにじんでいた。

夕が病《やまい》で伏《ふ》せっていることも、それが治ることのないものだということも伝えた。一志はどこか覚悟《かくご》していたように、それを聞いていた。

裏切られたのではなく、どうしようもない事情があって会いにこられなかったのだということだけが、唯一《ゆいいつ》の救いであるように。だからといってショックでないはずはない。

二人の前に用意されているのは確実な別れでしかない。

「こんなの、未練がましいよな？」

七海は強く首を振《ふ》った。

それだけ一志にとって、夕が大切な女性だったということだ。夕にとっても、そうであったはずだ。

「最後だから、いつもみたいに笑って今日を夕と過ごすって決めた」

涙を拭《ぬぐ》い、一志は毅然と顔を上げる。

七海はバラの茂《しげ》みに囲まれた石畳《いしだたみ》の遊歩道を見つめてから立ち上がった。

「私……正門の方、見てきます」

落ち着かなくて、そう言いながら駆《か》け出す。

途中《とちゅう》で時計を見たが、閉園までまだ三十分ほど時間はある。

きっとくると、祈《いの》るように空を見上げた。


閉園時間になり、チャイムの音に急《せ》かされるように植物園を後にした。それから、どれくらい待っていただろう。一志も七海も、押し黙《だま》ったまま正門の前に佇《たたず》んでいた。

待ちわびる気持ちも、次第《しだい》に失意へと変わっていく。「もう、帰ろう」と口にしたのは、一志の方だった。

「ごめんなさい。本当に……」

七海はバッグの持ち手を握《にぎ》り締《し》め、深く頭を下げた。

一志の口もとに、あきらめきった弱い笑《え》みがこぼれた。

「いいさ。半分、分かってたことだ。これでよかったのかもな」

「よくなんて！」

「よかったんだよ。会えば……むしろ余計に離れ難くなる。思い出せば、また忘れるのが辛《つら》くなる。だから、これでよかったんだ。彼女にも辛い思いをさせなくてすむ」

自分の胸に言い聞かせるようにそう言ってから一志は目を閉じた。

七海は泣きそうになり、足もとを見下ろす。

長く伸《の》びた自分の影《かげ》がアスファルトに映っていた。

希望を、救いを信じたかったのは自分だ。

思いはきっと報《むく》われると。

だが、それは一志を余計に傷つけてしまっただけに終わってしまった。

結局、一人で空まわりしていただけだ。

「ありがとう、卯月さん。もう、十分だ」

横を通り抜《ぬ》けて帰ろうとする一志に、かける言葉がなかった。

「一志さん！」

不意に聞こえた呼び声に、七海と一志は顔を上げる。

並木道の歩道を、夕が走ってくる姿が見えた。

彼女が好きだという薄紫《うすむらさき》色のワンピース姿で、手にはバッグを提《さ》げていた。

大きく目を見開いた一志の肩《かた》から、重そうなリュックがずり落ちる。

「夕……」

彼女は息を切らしながら駆け寄り、そして一度深く息を吐《は》き出してから一志を見る。

「かんぴょう巻き……つくっていたら、遅《おそ》くなってしまって」

そう言いながら、彼女はバッグから弁当箱を取り出そうとする。

一志は思い余ったように、彼女の体を強く抱《だ》き寄せた。

七海は声をかけてしまうのも、二人の再会を台無しにしてしまう気がして、黙ったままその場を離《はな》れる。

歩道の先で待っていた千歳の姿に気づいた。

夕をここまで連れてきてくれたのは、千歳だったのだ。

駆け寄ると、千歳が微笑《ほほえ》んだ。

「少しばかり、遅《おく》れてしまいましたね」

「どうやって……」

「俺はなにもしていませんよ。七海さんの言葉が、彼女の勇気を後押ししたんでしょう」

残されたあとわずかな時間を惜《お》しむように、空が紅《くれない》に染まっていく……。

また明日《あした》と、別れた日の続きのような二人だった。

七海は千歳とともに、正門の前で幸せそうに話をしている二人を見る。

自分のやったことは無駄《むだ》ではなかったのだろうか？

なにか、できたのだろうか？

そうだろうか？


一志から展覧会の案内が届いたのは、十二月に入ってからのことだ。

添《そ》えられていた手紙には礼と、簡単な近況《きんきょう》が記され、出品した作品を見にきて欲しいと書かれていた。

植物園の一件の後、一志とは一度も会っていない。何度か交《か》わしたメールでは、展覧会に出品する作品と、卒業作品の制作に追われて随分《ずいぶん》と多忙《たぼう》だったようだ。

夕とのこともどうなったのか気になっていたので、七海は千歳とともに休日に美術館まで足を運んだ。

展示会場は、それほど混《こ》み合っておらず、静かなものだった。

カツン、カツンと靴音《くつおと》が響《ひび》く。

パンフレットを手に、一作品、一作品、ゆっくりと見てまわった。力強い迫力《はくりょく》のある油絵から、繊細《せんさい》な水彩画、それに掛《か》け軸《じく》に描かれた水墨画《すいぼくが》、彫刻《ちょうこく》や陶芸《とうげい》まで、様々な作品が展示されている。

一志の絵は一目見て、すぐに分かった。

不思議と目を引く、淡《あわ》い色調の水彩画。

植物園のバラ園を描いたものだ。ベンチに腰《こし》かけた薄紫色のワンピースの女性。その瞳《ひとみ》はひっそりと暮れていく空を、物思いにふけるように見つめていた。

スケッチを見せてくれた時には曖昧《あいまい》だった夕の表情も、キャンバスの中にはしっかりと生き生き描かれている。

七海はパンフレットを両手で握り締めながら、歩み寄った。

一志と待ち合わせをしていた時の彼女は、こんな風に満たされた、幸せそうな顔をしていたのだ。一時でも、愛する人の訪《おとず》れを待ちわびながら、明日も一緒《いっしょ》にいられると信じられた日々。

絵が瞳の中でぼやける。

「卯月さん」

呼ばれて、七海は思わずこぼれた涙《なみだ》を拭って振り向いた。

スーツ姿で、胸に関係者を示す赤いリボンをつけた一志が歩いてくる。

「鵜野さん、お久しぶりです」

「お礼、しなきゃいけないと思ってたんだけど」

頭の後ろに片手をやりながら、一志がぎこちない笑みを浮かべた。

「おめでとうございます。入賞」

額縁の下に作者と題名が書かれた白いプレートがあり、その横に入賞と書かれた花飾りがつけられていた。

「おかげでね。だけど、そんなことより、この絵を残せたから。俺にはそれだけで十分だよ」

「夕さんのこと……」

手紙には夕のことが一言も触《ふ》れられていなかったので、ここにくるまで正直不安だった。

「不思議だよな。形にしたら、絵にしたら、彼女のことを忘れなくなった。ただ、それもいつまでか分からないけど。でも、もし、俺がなにもかも忘れる日がきたとしても、この絵は……この中の彼女は、ずっと残り続ける」

慈《いつく》しむように目を細めてから、一志は絵の中の夕にそっと指を触れた。

「この絵を見れば、俺と夕が過ごした時間は確かにあったんだって信じられる。それに、これを見ていると、夕がいなくなったなんて感じがしないんだよ」

いつでも、そばにいてくれる。そんな気がするのだと、彼は笑顔を見せた。

一志が「また、後で」と、断って立ち去った後も、七海はその場にしばらく佇《たたず》んでいた。

幽霊《ゆうれい》と物《もの》の怪《け》の違《ちが》いは宿るものがあるかどうかだと、千歳が話してくれたことを思い出した。

宿るべき体をなくした夕は、この世界から消えてしまったのではないのかもしれない。

一志が言うように、この絵の中には確かに彼女の魂《たましい》を、心を感じるから……。

（鵜野さんが夕さんを忘れなくなったのも、そうだからかな？）

姿を現すことも、声をかけることもできなくてもただ、ともに寄り添い続ける。

幸福な時を、永遠にそのキャンバスに封《ふう》じ込めたまま。

そんな形の結ばれ方も、あっていいのかもしれない。

少し寂《さび》しく、そしてとても美しい。

夕顔の花の……恋《こい》。

その恋が残した一枚の絵という結実を見届けて、千歳と七海はその場を後にする。


美術館を出ると、空はちょうど絵のように鮮《あざ》やかな夕焼けの色に染まっていた。

階段を二段ほど下りた千歳が、佇んだままの七海に気づいて振《ふ》り返る。

「七海さん？」

心配そうに呼びかけられ、七海は慌《あわ》てて濡《ぬ》れて赤くなった頬《ほお》を手で拭《ぬぐ》った。

「ごめんなさい。なんでもないんです。夕さんと鵜野さんのことを考えていたから」

階段を引き返してきた千歳が、七海の頭に手をのせる。そのまま少しだけ引き寄せられた。

「猫乃木さん……猫乃木さんは、急にいなくなったりしないでくださいね」

精一杯《せいいっぱい》の思いを、言葉に込める。

何も言ってくれなくていい。

ただ、伝えたかっただけ。

いつか、もし……千歳がいなくなった時には、きっと自分もさがすのだろうから。

いつまでも、いつまでも、この心は忘れないから。

第二話

あやかしの棲《すみか》

一

十月に入り、大学の講義も始まったというのに、卯月七海はどうにもぼんやりとして、すっきりしない日々を過ごしていた。

いつも通り夕飯の準備をしているのだが、段取りがひどく悪くて作業が少しも進まない。台所に立って一時間は経《た》つのに、いまだ味噌汁《みそしる》すらつくれていなかった。

いけないと思いつつも、気づけば同じことをグルグルと考え続けている。

原因は分かっている。『夕顔』のことがあってから、千歳の顔を見るとどうにも落ち着かなくなって、うまく話せないことが多くなった。自分がそんなことだから、千歳も気まずいのか、最近はよく仕事部屋にこもったり、散歩に出かけていることが多い。

考え事をしながら大根の皮を剝《む》いていると、つい指が滑《すべ》る。

「痛っ……」

人差し指の腹から、血の玉が浮《う》き出した。

「なにやってるんだろう」

ため息を吐《つ》いて大根と包丁をおき、ピリピリと痛む指を押さえながら、「救急箱、どこだったかな」と辺りを見まわした。

「七海さん、少しいいですか？」

棚《たな》の上に手を伸《の》ばしていた七海は、戸の開く音と千歳の声に振り返る。

「あ、猫乃木さん」

慌てて手を下ろすと、千歳がそばにやってくる。

「なにか、さがしているんですか？」

「救急箱を取ろうと思って」

七海が答えると、千歳は眉《まゆ》をひそめた。

「怪我《けが》、したんですか？」

「いえ、大したことは。ただ、ちょっと切ってしまっただけで」

血はまだ止まらず、指を伝って袖《そで》まで赤く濡《ぬ》らしていた。思いの外深く切ったらしい。

「七海さん、それ」

「平気ですから。すぐに止まり……」

千歳が驚《おどろ》いた顔をして七海の手を取り、その指を口に運ぶ。

パクッとくわえられた自分の指を、七海は仰天《ぎょうてん》して見つめた。

ピリピリと痛む指先が口の中の温かさに包まれる。わずかに身を屈《かが》めた千歳の、伏《ふ》し目がちな瞳《ひとみ》に、脈が急に速くなった。

息を止めても、心臓まで止まってくれるわけではない。それに心臓が止まったら大変だ。だが、止まって欲しいと混乱した頭が必死に念じる。

「猫……乃木さんっ！」

声をうわずらせると、千歳がふっと指から唇《くちびる》を離《はな》して顔を上げた。

「あ、そうですね。救急箱」

何事もなかったように、千歳は七海の手を片手でつかんだまま、もう片方の手を棚に伸ばした。開いた棚の中は猫缶《ねこかん》一色だ。

「七海さん、救急箱ありませんよ？」

千歳の言葉が少しも耳に入ってこなかった。ただ、体が、手が熱い。

このまま溶《と》けてしまうのではないかと思うほど……。

「七海さん？」

頬《ほお》を軽く叩《たた》かれて我に返ると、千歳が怪訝《けげん》そうに顔を覗《のぞ》き込んでいた。

「大丈夫《だいじょうぶ》ですか？」

「はい！　大丈夫……あ、れ？」

「七海さん！」

そのままひっくり返った七海を、千歳が焦《あせ》った声で呼んだ。その声も、熱でショートしてしまった頭の中をグルグルとまわり続ける。

こんなの、少しも……大丈夫じゃない。

柔《やわ》らかな唇の感触《かんしょく》と熱に、ひりつく指の痛みもすっかり忘れてしまった。


七海は二つ折りにした座布団《ざぶとん》を枕《まくら》にしたまま、居間の畳《たたみ》の上に横になっていた。

千歳のあおいでくれる団扇《うちわ》が、火照《ほて》った頬に心地《ここち》よい風を送ってくれる。

「びっくりしました。七海さんが急に倒《たお》れるから」

そばに座った千歳の顔をまともに見られなくて、七海は顔を隠《かく》すように片手を額にのせた。

「すみません、ご飯の支度《したく》が途中《とちゅう》なのに」

「なにか、悩《なや》み事ですか？」

「え？」

手を退《ど》けてためらいがちに視線を移すと、千歳が心配そうに見つめている。

「七海さん、最近、考え事をしているみたいだから」

それは、千歳のことを考えているからだ。

千歳が自分のことをどう思っているのか、それがどうしようもなく気になってしまうからだ。

だが、そんなことは本人を前に言えるはずがない。

七海は体を横に向けると、座布団を握《にぎ》り締《し》める。

「なんでも……ありません」

「本当に？」

「本当です」

千歳は心配してきいてくれているのに、素《そ》っ気ない口調になってしまった。

「それならいいんですけど。ああ、そうだ」

千歳は思い出したように言って、団扇を休める。

「少し家を留守にするかもしれません」

七海は身を起こして、千歳の方を向いた。

「お仕事ですか？」

「ええ。健吾に頼《たの》まれたことがあって。場所はそれほど遠くはないし、二日ほどで片づけて戻《もど》れると思うから。心配ならその間、健吾の家にいきますか？」

「いいえ、この家で待っています」

七海は首を横に振《ふ》って答えた。

健吾の家にいくのがいやなわけではないが、この家を離れたくはなかった。

「それなら、できるだけ早く戻ってきます」

千歳はそう言って微笑《ほほえ》む。

いつもよりもその瞳が優《やさ》しく思えて戸惑《とまど》いを覚えた。それに、千歳が家にいないというだけでひどく寂《さび》しく思える自分自身に。

翌日の昼休み、七海は同じ学部の友人である都司奈央と一緒《いっしょ》に、広い大学の構内を歩いていた。最近は、奈央に付き合って講義室ではなく学食でお弁当を食べることが多い。

道の両脇《りょうわき》に植えられたイチョウの葉は黄色く変わり、風が吹《ふ》く度《たび》に舞《ま》い落ちてくる。

明日《あした》から千歳は留守だ。いつもは千歳のお昼ご飯と一緒に自分のお弁当もつくって出かけるのだが、一人ならその必要もない。

そのことを話すと、奈央は「それじゃあ、明日から家に一人なんだ」と言う。

「うん、二日だけだけど。でも、仕事の都合でもう少しのびることもあるかもしれないって」

「独り寝《ね》はやっぱり寂しい？」

「奈央ちゃん！」

パッと顔を赤くした七海が怒《おこ》ったような口調で呼ぶと、奈央は笑いながら、「ごめん、ごめん」と謝った。

「私がかわりに添《そ》い寝にいってあげようか？」

「平気です。雪平がいるから」

「ああ、あのブチャネコね。あれが添い寝の王子様なんて悲劇だよ！　まあ、モコモコで温《ぬく》そうだけどさ」

黒と白の斑模様《まだら》の雪平は、食欲旺盛《しょくよくおうせい》ですっかり丸まると太ってしまった。千歳が先日、「運動不足です！」と真顔で雪平を叱《しか》りつけていたところを目撃《もくげき》してしまい、思わず笑いそうになったことを思い出す。

携帯《けいたい》で写真を撮《と》り、奈央に見せたら、『ブチャネコ』という愛称《あいしょう》をつけられた。雪平もさぞかし不本意なことだろう。

「七海さ、あの大家さんと少しは進展したの？」

「進展なんてしないよ！」

そう言いながら、昨日の台所での出来事が思い浮かんでしまい、バッグを抱《だ》き締めながらいたたまれないように顔を伏《ふ》せた。

「迫《せま》られた？　まさか、強引《ごういん》に⁉」

「違《ちが》う、違う、違うの！」

七海は慌《あわ》てて首を振る。

「やっぱり、なにかあったな。白状せーいっ！」

前にまわり込んだ奈央が、七海の両肩《りょうかた》をつかんで少々乱暴に揺《ゆ》さぶった。

「わかんない。わかんないよ。私……どうしていいのか」

七海は泣きそうになり、ギュッと唇を結ぶ。

自分がどうしたいのか、千歳にどうして欲しいのか。

いまのままで十分だと思ってきた。千歳のそばにいられるだけでいい。それ以上のことは望んでいなかったはずなのに。

「欲張《よくば》りに……なるんだよ。最近」

うつむいてそう白状すると、奈央は「そっか」と言いながら腕《うで》を七海の背中にまわす。優しく抱擁《ほうよう》されて、七海は戸惑うように奈央を見た。

「でもさ、それって普通《ふつう》だよ。誰《だれ》だってさ、好きな人には欲張りになるもんでしょ？」

「好き…………になって、いいのかな？」

奈央には言えないが、千歳は人ではない。

夕と一志のことがあってから、余計にそのことを考える。人ではなかったとしても、千歳は千歳だ。千歳を大切に思う気持ちにはなに一つ変わりがない。

だが、千歳はそうは思っていない。人は人、物《もの》の怪《け》は物の怪と明確に境界線を引いている。七海を家に預かるのも四年の間だけと区切りをつけている。人は物の怪とあまり深く関《かか》わり合わない方がいいと思っているからだ。

だから、四年が過ぎれば千歳は、自分から離《はな》れていくだろう。

そうすれば、千歳との記憶《きおく》も自分は失ってしまうかもしれない。

それでもいま一緒にいられるならそれでいい。以前の自分ならそう思ったかもしれない。だが、いまはそうは思えなかった。

いまだけなんていや。忘れてしまうなんていや。でも、どうしていいのか分からない。受け入れてもらえる自信なんて少しもなかった。千歳にとって、自分が『そういう』対象ではないのは分かっている。一方的に思いを寄せられても困るだけだ。

拒絶《きょぜつ》されるのは怖《こわ》い。あの家にいられなくなるのも怖い。だから、なにも気づかないふりをして、なにも変わらないふりをして、いままで通りに振るまおうと努めても、自分の心は偽《いつわ》れないから、空回りしてぎこちなくなる。

「好きになったらさ。たとえ相手が、好きになっちゃだめな人でも、誰かに反対されても、あきらめられないでしょ。だったら、自分の気持ちに正直になる方がいい」

奈央は秋晴れの空を見上げながら続ける。

「そりゃね、後悔《こうかい》するかもしれないよ？　やめておけばよかったって思うくらい辛《つら》い思い、するかもしれない。いつか、だめになっちゃうかもしれないし、好きじゃなくなることだってある。でもさ……やっぱり、好きは好きなんだよ」

その時の気持ちに、思い切り悩《なや》めばいい。そう言って奈央は屈託《くったく》なく笑う。

七海は涙《なみだ》ぐみそうになり、奈央の胸に顔を埋《うず》めたまま頷《うなず》いた。

二

千歳が店を留守にしてから三日が過ぎた。七海は台所でかつお節を削《けず》りながら、風の音に顔を上げる。作業台にしている小さなテーブルの上によじ登ってきた雪平が、こぼれたかつお節を、前足でチョンチョンと引き寄せていた。

「猫乃木さん、遅《おそ》いな……」

二日ほどで戻れると言っていたのに。連絡《れんらく》もなかったので余計に気がかりだ。そのうえ、ゆっくりと北上している台風が、今日の夕刻から京都に到達《とうたつ》するとニュースでやっていた。かなりの大型台風で、大雨特別警報も出ている。

家の電話が鳴り、七海はエプロンで手を拭《ぬぐ》ってから急いで廊下《ろうか》へと出た。

薄暗《うすぐら》い廊下の途中《とちゅう》に、旧式の黒電話が一つポツンとおかれている。

「はい、猫乃木です」

緊張《きんちょう》しつつ出ると、相手は犬塚健吾だった。健吾が家に電話をかけてくるなど珍《めずら》しい。いつもなら巡回《じゅんかい》の途中で店に立ち寄る。

『卯月か？　千歳からなにか連絡はなかったか？』

「いえ、うちには……」

『そうか。千歳に携帯《けいたい》を持たせたんだが、連絡がつかない』

七海は不安を覚えて、受話器をしっかりと耳に押し当てた。

「猫乃木さんに、なにかあったんでしょうか？」

『分からん。あいつのことだから、うっかり電源を入れ忘れているとか、充電《じゅうでん》が切れていることに気づいていないことも考えられるが』

台風が接近している最中だ。健吾は昨晩からずっと交番に詰《つ》めているため、千歳の様子を見にいくわけにもいかないようだ。

『ともかく、人をやって確かめさせる。まあ……あいつなら大丈夫《だいじょうぶ》だろう』

「私が見てきましょうか？」

七海は思い切ってそう言った。連絡がつかないと聞いていては、落ち着いて待ってもいられない。

『いや、しかしな』

「様子を確かめたらすぐに戻《もど》りますから。仕事が長引いているのなら、着替《きが》えや食べるものも用意していった方がいいでしょうし」

『大丈夫か？　雨脚《あまあし》も強くなっているぞ』

「タクシーでいきますから平気です。場所、教えてもらえますか？」

『……分かった。あちらについたら、連絡を入れてくれ。すぐにつながるようにしておく』

健吾から聞いた住所をメモ用紙に書き留める。

電話を切ると、そのメモ用紙をエプロンのポケットに押し込んだ。

「そうだ、お弁当」

この台風では外食や外で買って食べるのも大変だろう。

パタパタと台所へと引き返す七海の後を、雪平が鈴《すず》の音とともに追いかけていった。


清水寺《きよみずでら》へと向かう二年坂、三年坂付近は土産《みやげ》物店が軒《のき》を連ね、清水へ詣《もう》でる観光客たちで日頃《ひごろ》は賑《にぎ》わっている場所だ。台風の影響《えいきょう》でか、さすがにいつもの混雑ぶりは見られなかった。

（遅くなっちゃったかな）

真っ黒な雲におおわれた空を見上げる。吹《ふ》きつけてくる雨をなんとか傘《かさ》でしのごうとしたのだが、強風のせいであまり意味をなさなかった。傘が折れる前に苦心して畳《たた》み、袋《ふくろ》が濡《ぬ》れないようにしっかりと腕に抱《かか》える。

横手の細い路地を曲がってさらに進んでいくと、虫籠窓《むしこまど》という独特の格子《こうし》窓がついた京町家が見えてきた。黒々とした木の外観がいかにも趣《おもむき》がある。玄関《げんかん》戸の横には不動産屋の名前や住所が記された『売り家』の看板が取りつけられていた。

「猫乃木さん？」

玄関戸を叩《たた》きながら呼びかけてみたが、すぐには返事がなかった。「七海です」と声をかけながら、もう一度繰《く》り返す。

（いないのかな？）

千歳のお札が貼《は》られた玄関戸にそっと手をかけた。少しだけ引いてみると鍵《かぎ》が開いている。

カラカラと開いて中に入り、後ろ手で玄関戸を閉めた。

「猫乃木さん？」

少し大きめな声で呼ぶと、奥の部屋の襖《ふすま》が開いて千歳が姿を見せた。

玄関先に佇《たたず》む七海の姿を見ると、驚《おどろ》いたように目を瞠《みは》る。

「七海さん、どうやって入ってきたんです？」

急ぎ足でやってきた千歳が、下駄《げた》をはいて下りてきた。

「お仕事が長引いているみたいだから、一応、着替えとお夕飯を届けにきたんです。すぐに帰りますから」

どうやら、邪魔《じゃま》をしてしまったらしい。荷物を渡《わた》して急ぎ帰ろうとしたが、千歳に手を取られた。

「帰れません」

「え？」

「閉じ込められているんです。それで、俺も戻れなくて……」

千歳は七海をはなすと、その手を自分の額に当てた。その唇《くちびる》から微《かす》かな吐息《といき》がもれる。

「どういう、ことですか?」

七海はいま一つ、千歳と自分のおかれた状況《じょうきょう》を把握《はあく》できなかった。

千歳が玄関戸を開くと、外から雨や風が吹き込んでくる。

「外に出てみてもらえますか?」

そう言われて、七海は言われた通りに敷居《しきい》を跨《また》いで外へと出た。だが、そこはまだ家の中だ。困惑《こんわく》しながら、もう一度同じことを繰り返してみたが、外に出たつもりなのに家の中へと戻ってしまう。

「そういうことです」

千歳が困ったように額に手をやった。

「猫乃木さん、これは……大変なことですよ。犬塚さんに連絡をした方が」

「何度か連絡をとろうとしているんですが、どうしてか携帯がつながらなくて」

「私から連絡してみます」

七海は自分の携帯を取り出して、健吾のアドレスを呼び出す。携帯を耳に押し当てて待ってみたがつながらない。何度か繰り返してもやはり同じだった。

「犬塚さん、すぐに出てくれるはずなんですけど」

「ともかく、家に上がりましょう。その格好では風邪《かぜ》をひいてしまう」

千歳に言われて、七海は自分のずぶ濡れの格好にようやく目をやった。

髪《かみ》から滴《しずく》は垂れているし、コートも水浸《みずびた》しというひどい格好だった。

「猫乃木さん……ごめんなさい。私が入ってきてしまったから」

気落ちして謝ると、千歳が慰《なぐさ》めるように笑《え》みをこぼした。

「俺も一人で閉じ込められて困っていたところでしたから。七海さんを巻き込んでしまって申し訳ないけど、少しだけ付き合ってください」

千歳はそう言いながら、下駄を脱《ぬ》いで家に上がった。


家の中は薄暗く、古い家独特のどこか懐《なつ》かしさを感じさせる空気が漂《ただよ》っていた。それは以前に誰《だれ》かがこの家に住んでいた証《あかし》だが、いまは家具や物がなく、痕跡《こんせき》を伝えるのは傷だらけの柱や壁《かべ》、破れ目や染《し》みのある襖くらいだ。

（あれ、この家……）

七海は柱に残された傷に目をやる。

「こっちです」

促《うなが》されて、立ち止まっていた七海は慌《あわ》てて千歳に追いついた。

奥の居間に入ると、毛布と寒さしのぎの石油ストーブが一つおかれていた。どうやらこの部屋で寝起《ねお》きしているようだった。ペットボトルやビニール袋《ぶくろ》が隅《すみ》の方におかれている。

不動産屋が、電気や水道などは数日、使えるようにしてくれているようだ。

ガラス戸の外には猫《ねこ》の額ほどの狭《せま》い庭が見える。隙間風《すきまかぜ》が滑《すべ》り込んできて、ガラス戸が震《ふる》えていた。

「タオル、みんな使ってしまったかな。予備を持ってなくて」

「それなら、着替えと一緒《いっしょ》に持ってきましたよ」

七海は膝《ひざ》をついて、袋からタオルや着替えを取り出す。

「七海さんの着替えまでは持ってきていませんよね」

千歳が心配してきく。

コートも防水が効いているものではないので、中に着ていたブラウスやスカートまですっかり濡れてしまっている。

「俺の着物、着ますか？　大きいとは思いますけど」

七海は赤面しながら、「いいえ！」と首を振《ふ》った。

「すぐに乾《かわ》きますから。ストーブもありますし」

「じゃあ、しっかり拭《ふ》かないと」

七海の手から取り上げたタオルで、千歳が濡れ髪《がみ》を拭いてくれた。その間、七海はじっとしている以外にない。

慣れない手つきで頭をなでてくれる手に、どうにも気恥《きは》ずかしさを覚える。

「猫乃木さん、お腹《なか》、減ってませんか？　お夕飯をつくってきたんです。急いで用意したので、それほど大したものではないんですけど」

七海は袋の中から風呂敷《ふろしき》に包まれた重箱と水筒《すいとう》を取り出した。

「ああ、助かりました。実は二日間、なにも食べてなくて」

「二日間も⁉」

「入った途端《とたん》に閉じ込められてしまったものですから。途中《とちゅう》で買いにいこうと思っていたのに、それができなくなってしまったんです」

千歳は弁解しながら、少しばつの悪そうな顔をした。

健吾に連絡《れんらく》を取れない状況だったのだから、仕方がないだろう。千歳にとっても不測の事態だったようだ。こんなことなら、我慢《がまん》などしていないでもっと早くくるのだった。

「やっぱりお弁当を作ってきてよかったです」

七海は風呂敷を解いて重箱の蓋《ふた》を開く。二段式の重箱は下の段がおにぎりで、上の段が焼き魚や里芋《さといも》の煮物《にもの》、おからサラダなどのおかず類だ。

「おにぎりは、おかかと、ツナマヨですからね」

千歳はなぜかきちんと正座しながら、お弁当の中身を見つめている。

「急いでいたから、お昼につくっていたもののあり合わせで……本当はもっとちゃんとしたものをつくりたかったんですけど」

「そんなことないですよ。おいしそうです。七海さんの料理、ずっと食べたかったから」

千歳は「いただきます」と行儀《ぎょうぎ》よく言ってから、さっそくおにぎりを手に取り、モグモグと頬張《ほおば》る。

おいしそうに食べてくれる千歳を、七海はしばらくのあいだ眺《なが》めていた。

何気ない言葉が嬉《うれ》しくて顔が綻《ほころ》ぶ。

千歳が食べ終えるのを待って、空になった紙コップにお茶をつぎ足した。

たった二日ぶりのことなのに、食事を一緒にとるのは久しぶりな気がする。いまでは、すっかりこれが自分の日常、自分の当たり前になっているからだろう。

七海から紙コップを受け取ると、千歳はフーフーと息を吹きかけて熱を冷ました。

その時、二階の方から床《ゆか》を踏《ふ》み鳴らす足音が聞こえ、七海は身をかたくして天井《てんじょう》に目をやる。

「猫乃木さん、いまの……」

この家にいるのは、千歳と自分だけのはずだ。

「時々、ああやって音を鳴らすんです。ここにいるぞって脅《おど》しているつもりなんでしょう」

千歳はいたって落ち着いた態度でそう答え、お茶を啜《すす》った。

「物《もの》の怪《け》、ですか？」

「空き家を改装しようとした業者が先日襲《おそ》われて、それで俺のところに依頼《いらい》がきたんです」

「襲われた……猫乃木さんは大丈夫《だいじょうぶ》ですか？」

「ご覧の通り閉じ込められているだけです。危害を加える気はないのでしょう」

襲われた業者も驚《おどろ》かされただけで、逃《に》げる時に擦《す》り傷を負った程度のようだ。

「その人たちも閉じ込められていたんでしょうか？」

「そうとは聞いていませんよ。俺がこの家から追い出しにきた魔除《まよ》け屋だと分かっているんでしょう」

いまのところは直接襲ってくるようなことはないが、怒《おこ》らせればどんな反撃《はんげき》に出てくるか知れない。まして逃げ出せば、次は人に危害を加える可能性もある。放《ほう》っておくわけにはいかないだろう。

「犬塚さんにもう一回、連絡してみます。今度はつながるかもしれないし」

携帯を取り出して履歴《りれき》からかけ直してみたが、健吾が出てくる気配はない。もしやと思い奈央にもかけてみたが、やはりつながらなかった。

「台風のせいで、電波がつながりにくくなってるのかな？」

小刻みに揺《ゆ》れている窓の方へと視線を移す。

横殴《よこなぐ》りの雨がガラス戸に当たり、滝《たき》のように流れ落ちていた。

「俺たちから連絡がないと分かれば、健吾も気づいてさがしにきますよ」

「でも、犬塚さんもこちらに閉じ込められたら……事情は知らないのでしょう？」

「それはそうですね」

千歳は眉根《まゆね》を寄せて深刻な表情を浮《う》かべた。

「猫乃木さんのお札は？」

「やってみたんですけど、ここではまったく効かなくて。こんなこと、本当はないはずなんですけど」

千歳のお札は万能《ばんのう》なものではない。なんでもかんでも、解決してくれるわけではないのは分かっている。ただ、お札が効かない状況《じょうきょう》というのは、かなり由々《ゆゆ》しきことなのではないか。

「強い力を持った物の怪なんでしょうか？」

以前、千歳が封《ふう》じた大どくろのような物の怪がここにも潜《ひそ》んでいるかもしれない。そう思うと、背筋がゾクッとした。とても千歳のように落ち着いてはいられない。

「それとはなんだか違《ちが》う気がするんですよね。原因はまだはっきり分からないんですけど。もしかしたら……物の怪の意識の中に取り込まれてしまっているのかもしれません」

「意識？」

「ここにいる俺たちは、現世《うつしよ》側の俺たちとは違うということです」

お互《たが》いに同じ夢を見ていて、その夢の中で会っているようなものだと千歳は説明してくれた。

「それなら、あちらの私たちは？」

戸惑《とまど》って尋《たず》ねると、千歳は「さあ？」と首を捻《ひね》る。

「猫乃木さん、これはやっぱり困ったことですよ！」

「七海さん、落ち着いてください。大丈夫ですから。ちょっと倒《たお》れているだけですよ」

千歳に宥《なだ》められたが、七海の焦《あせ》りは余計に大きくなるばかりだった。

「私はいまきたところですけど、猫乃木さんは二日も倒れているかもしれないんですよ」

「ああ、まあ……それくらいなら、死にはしませんよ」

「死なれたら困ります！」

思わず強い口調で言うと、千歳が目を丸くする。

「ともかく、早く出る方法をさがさないと。どうすればいいのか教えてください。私もお手伝いしますから」

「そのうち、物の怪もしびれを切らして現れます。それを取り押さえたら出られるはずです」

「でも、お札……効かないんでしょう？」

「あれは、ただ使い勝手がいいから使っているだけで、別になければないで困るものでもありませんよ。まあ、方法が手荒《てあら》くなりますが」

それでも心配で見つめていると、千歳が微笑《ほほえ》む。

「どのみち出られないのだから、焦っても仕方ありません。明日《あした》までにはなんとかします」

信じてくださいと言われたら、ただ頷《うなず》くしかなかった。それに、千歳の言葉を疑いはしない。

千歳がなんとかすると言えば、きっとなんとかする。だが、だからといって不安がなくなるわけではなかった。

自分の身に降りかかることよりも、千歳に何かあったらとそれが気がかりだった。

「無理だけは、しないでくださいね」

そう言うことしかできなくて、七海は自分の不甲斐《ふがい》なさにうつむく。

千歳は七海の頭に手をやり、「分かっています」と穏《おだ》やかに答えた。


檜《ひのき》の浴槽《よくそう》になみなみと湯が張られており、浴室全体が湯気で霞《かす》んでいた。

風呂《ふろ》や台所などは、不動産屋の方から使ってもかまわないと言われているらしく、千歳に「入りますか?」と尋ねられて頷いた。

服はそこそこ乾《かわ》いたものの、体はひどく冷えている。濡《ぬ》れた髪《かみ》もべたついていて、そのままでいるのは少々我慢が必要だった。洗い流せるなら、それに越《こ》したことはない。

いまの状況で風呂になど入っていていいものかと迷ったものの、物の怪も姿を見せる気配はなく、二階を歩く足音もしばらく聞こえてこない。

あまりこちらが用心していると、物の怪の方も警戒《けいかい》して姿を現さないかもしれない。それなら、ごく自然に振《ふ》るまっていた方がいい。

タオルを洗った髪に巻いてチャプンと浸《つ》かると、湯が縁《ふち》から流れ落ちた。古いが風情《ふぜい》のある風呂だ。檜の仄《ほの》かな香《かお》りが漂《ただよ》ってくる。

体が温《ぬく》もると、ほっとした。

千歳は夢の中にいるようなものだと言っていたが、感覚は現実のものとなんら変わりがない。

「夢……」

七海は滴《しずく》の落ちてくる天井を見上げて呟《つぶや》く。

千歳に出会ったこと、いまこうして一緒《いっしょ》にいること。それも、夢のようなものなのだろうかと埒《らち》もないことを考える。

幸せな夢。いつかは覚めてしまう夢。

夢の中にずっといたいと望むのは無理なことだ。そんなことは分かっている。なら、夢など見なければよかったと、そう思うのだろうか。

すくい上げた湯が、キラキラと明かりを跳《は》ね返しながら指の間からこぼれ落ちていく。

いまなら、夕顔のあやかし、『夕』がなにも言わずに一志の前から消えた気持ちが分かる気がした。どうせ終わってしまうものなら、一番幸せな、一番報《むく》われていた瞬間《しゅんかん》に、終わってしまいたい。その瞬間を、相手の心の中にも残しておきたい。そう望んだのだろう。

自分が消えたら、千歳はさがしてくれるだろう。あの人は、それを責任だと思っている。祖母から託《たく》された自分に対して、課せられた役目を果たそうとしてくれる。

その責任がなければ？

それでも、千歳はさがしてくれるだろうか？

失いたくない大切なものだと思ってもらえるだろうか？

千歳もこんな自分を……。

七海は頭を巡《めぐ》る思考を途中《とちゅう》で無理矢理《むりやり》打ち切り、ザブンと湯の中に顔を沈《しず》めた。

解けたタオルが、ぷっくりと浮き上がる。七海は顔を出すと、思い切り息を吐《は》き出した。

垂れた滴が湯に波紋《はもん》を広げる。

こんなことを考えていたら、のぼせてしまう。その前に出ようと、タオルを手に立ち上がろうとした。

「あ……れ？」

湯に映る影《かげ》に気づき、ゆっくりと背後に首を巡らせる。その瞬間、ありったけの声で叫《さけ》んでいた。

「七海さんっ！」

脱衣《だつい》所の戸が勢いよく開く音がして、千歳の声がする。

「猫乃木さんっ！」

七海は泣きそうな声で助けを求めた。天井《てんじょう》に張りついていたそれが、背中に飛びかかってきたからだ。自分がどんな格好なのか考える余裕《よゆう》もなかった。

背中にのしかかった『モノ』がなんなのか分からなくて、体裁《ていさい》なく「いやああーっ！」と悲鳴を上げる。

風呂場《ふろば》の古い木戸が開き、千歳が焦ったように飛び込んでくる。その瞬間、七海の背中にのっていた『モノ』は唸《うな》り声を上げ、千歳に体当たりした。

千歳が他《ほか》に気を取られている間に、それは脱兎《だっと》の如《ごと》く脱衣所を抜《ぬ》けて廊下《ろうか》に逃《に》げ出してしまった。

湯船にうずくまって震《ふる》えていた七海と、立ち尽《つ》くしている千歳の間に沈黙《ちんもく》が流れる。

湯が流れ続け、排水口《はいすいこう》の中に吸い込まれていった。

七海が涙《なみだ》ぐんだ目で恐《おそ》る恐るのように見ると、千歳がバッと背を向けて脱衣所に引き返す。

木戸が力一杯《ちからいっぱい》、音を立てて閉まった。

「…………すみません……」

動揺《どうよう》で掠《かす》れた千歳の声に、七海はいまさらになって自分が入浴中だったことを思い出す。

顔が急速に熱を帯びて赤くなった。タオルを抱《だ》き締《し》めてももう遅《おそ》い。

「なんでもありませんから。大丈夫《だいじょうぶ》ですから！」

自分が大げさに騒《さわ》いだのが悪いのだ。これは不慮《ふりょ》の事故で、なにも気にすることはない。ないのだと、七海は自分に言い聞かせようとしたが、心臓はまるで落ち着いてくれなくて、湯にあてられたように頭までクラクラしてきた。

「本当に……？　どこも怪我《けが》は？」

気をつかうような声が戸を隔《へだ》てて聞こえる。

「はい。大丈夫です。びっくりしてしまって。ごめんなさい、お騒がせしました」

「あっ……さっきの、さがしてきます。なにかあれば、すぐに呼んでください」

千歳の足音が消え、パタンと脱衣所の戸が閉まる。

七海は腰《こし》が抜けたように、しばらくの間、湯船から出られなかった。

三

居間に戻《もど》ると、千歳の姿は見当たらなかった。

先ほど襲《おそ》ってきた黒い影のようなものを、まださがしているのだろう。

畳《たたみ》の上に腰を下ろし、手が隠《かく》れるほど長い袖《そで》を見る。

服が乾くまではと、千歳に借りた着物だ。

痩身《そうしん》の千歳だが、その着物は七海には大きく感じられた。やはり千歳は男の人なのだ……。

（心臓がまだびっくりしたままだ）

七海は自分の胸にそっと手を当てた。火照《ほて》った頬《ほお》もなかなか冷めてくれなくて困る。せめて、千歳が戻ってくるまでに平常心を取り戻せているといいのだが。

だが、そう思っている間に、「七海さん？　入りますよ」と声がして襖《ふすま》が開く。

七海は慌《あわ》てて正座し直した。どこを見ればいいのかと迷うように畳の上を視線がさまよう。

「どうでしたか？」

「逃がしてしまいました。隠れる場所があるんでしょうけど」

襖を閉めると、千歳は少しの間そこから動かなかった。

「さっきは、本当にすみませんでした」

落ち込んでいるような声だったので、七海は千歳に視線を戻した。顔をそむけたまま前髪《まえがみ》を少し掻《か》き上げている千歳の首や耳は仄かに赤い。

「き、気にしてませんよ。だから、猫乃木さんも気にしないでください」

なんとか平静を装って言ったつもりだが、動揺は少しも押し隠せてはいなかった。

「着物……やっぱり、七海さんには少し大きかった、ですね」

「そう……ですね」

七海はずれそうになる襟《えり》を手で直す。

なにかしていないと落ち着かなくて、水筒《すいとう》と紙コップを手に取った。

「お茶、いれましょうか」

「いえ、それは俺がいれます。それより……」

歩み寄ってきた千歳が、畳の上に丸めていた毛布をとる。そして目の前にしゃがみ、七海の肩《かた》をしっかりと包み込んだ。

「すみません……ちょっと、俺は……どうかしてしまいそうで」

少し低めの声でそう言うと、千歳は七海の手から水筒と紙コップを受け取った。

立ち上がると、いつもよりも距離《きょり》をおいて座る。

コポコポとこぼれる湯の音が、沈黙の気まずさをごまかした。

気にしないとは言ったものの、実際に気にしないでいることなんてとてもできない。肩が触《ふ》れそうな距離でも平気だったのに、いまはなんだかとても無理だった。

七海は千歳から受け取った紙コップを口に運ぶ。

千歳も背を向けたまま、黙《だま》ってお茶を啜《すす》っていた。

（どうしよう……なにか、話……しないと）

そう思い、話題を振ろうと思うのに、なにも思いつかなかった。

曇《くも》ったガラス戸に映るのは、ひどくぎこちない自分たちの姿だけだ。

「あの……」

七海が口を開くと、千歳がスックと立ち上がった。

「ちょっと、屋根裏の方を見てきます」

「屋根裏？」

「さっき、追っている時に吊《つ》り階段を見つけたんです。なにがあるか分かりませんけど」

「それなら、私もいきます」

「七海さんは、ここに……」

「ここにいてもまた出てくるかもしれませんし、一緒《いっしょ》にいた方が安全だと思うんです」

それに、今度は千歳が襲われるかもしれない。そうなった時に、ここにいては気づけない。

七海は反対されてもいくつもりで、毛布を脱《ぬ》いで立ち上がる。

千歳は片手を口もとに運び、「それも、そうですね」と呟《つぶや》いた。

二階に上がると、屋根を叩《たた》く雨の音が一層大きく聞こえた。

千歳の手にした懐中《かいちゅう》電灯の明かりが、天井をさまよう。

「その辺に引っかける棒がありませんか？」

廊下を見渡《みわた》すと、隅《すみ》の方にフックのついた棒が立てかけられていることに気づいた。それを取って戻ってくると、千歳に渡す。

千歳は棒の先についたフックを天井の穴に引っかけ、引っ張った。

錆《さ》びた金属の音がして、吊り階段が下りてくる。

千歳は落ちてきた綿埃《わたぼこり》を払《はら》い、懐中電灯で照らしながら慎重《しんちょう》な足取りで上がっていった。

「七海さん、汚《よご》れるからここにいた方がいいかもしれませんよ。せっかく……お風呂《ふろ》に入ったばかりなのに」

「いいえ、平気です」

七海はそう答えて、千歳の後に続く。

屋根裏に上がると、隙間風《すきまかぜ》が吹《ふ》き込んでくる。雨もりしているのか、滴《しずく》が落ちてきた。

懐中電灯の明かりが箪笥《たんす》や椅子《いす》、古いアルバム類などをゆっくりと照らしていく。

「まだ、物が残っていたんですね」

「不動産屋が見落としていたんでしょう」

千歳が膝《ひざ》をつき、古い箪笥の引き出しを開く。中に入っていたのは子供物の衣類や玩具《おもちゃ》だ。

七海は千歳に背を向けて屈《かが》みながらアルバムに手を伸《の》ばす。

埃を払い除《の》けて開いてみると、若い男性と女性の結婚《けっこん》式の写真だった。その次は子供のお宮参り、七五三、そして小学校の入学式、運動会と、一家の記録がしっかりと残されている。

その中に、綴《と》じられていない写真が一枚、紛《まぎ》れていた。

写された場所はこの家の庭だろう。高齢《こうれい》の女性と一匹《いっぴき》の猫《ねこ》が、縁側《えんがわ》に座っている。

「猫乃木さん、これ……」

七海は振《ふ》り向いて、千歳に写真を渡す。

「この家の前の持ち主でしょうか？」

「そうみたいですね。一番、最近のものですか？」

ほかの写真の日付を確かめてみたが、手にしている写真が一番新しいようだ。といっても、もう十年以上昔のものになる。

「このお家《うち》の人も猫を飼っていたんですね」

家の柱のあちこちにも爪《つめ》を研《と》いだような跡《あと》が残っていた。この猫がつけたものだろう。

「もしかすると……」

呟いた千歳の顔を見る。

「もしかする、と？」

身を乗り出して写真を覗《のぞ》いていたので、微《かす》かな息づかいが分かるほどお互《たが》いの顔が近かった。

千歳はその先の言葉を忘れてしまったように、しばらく真顔で見つめてくる。その視線が自分の唇《くちびる》に向かうのが分かった。

七海はふと気配に駆《か》られて箪笥の上に目をやる。

「猫乃木さん！」

唸《うな》り声とともに、黒い塊《かたまり》が箪笥の陰《かげ》から飛び出してきた。

瞳《ひとみ》が懐中電灯の明かりを跳《は》ね返して鋭《するど》く光る。

千歳は飛びかかってきたそれを軽くかわし、転がるように床《ゆか》に着地した黒い塊を押さえつけた。

「フギャアアーッ！」

千歳の手から逃《のが》れようとジタバタと暴れているのは、敵意を剥《む》き出しにした黒猫だった。

「猫乃木さん、この猫って」

写真の猫よりも一回りは大きい。だが、鼻の周りだけ白いところはまったく同じだ。

「どうやら、これの仕業《しわざ》だったようですね」

「物《もの》の怪《け》って、この猫……がですか？」

千歳はため息を吐《つ》いて、猫の首根っこを摘《つま》み上げた。

猫の扱《あつか》いなら手慣れたものだ。

すっかり観念したのか、黒猫はしょげかえったように耳を垂らして大人しくなった。

「化《ば》け猫……なんですか？」

七海は猫の顔を覗き込み、それから千歳を見上げる。

「そのなり損《そこ》ないです。家によほど強い未練を残したんでしょうね」

本来なら、もうとっくに寿命《じゅみょう》を終えている年齢《ねんれい》のようだ。白いヒゲが力なく揺《ゆ》れている。

「もしかして、もう亡《な》くなって……？」

「そういうわけではないですよ。物の怪と化すと普通《ふつう》よりも長く生きられるようになるから。ただ、これの場合は思いだけが強く残ってしまっているだけで、完全に物の怪になったわけではないようです」

そのため、それほど強い妖気《ようき》も感じなかったようだ。

「このまま放《ほう》っておけば、本当に化け猫になってしまっていたでしょうね」

「猫乃木さんは正体に気づいていたんですか？」

「七海さんを見習ってツナマヨのおにぎりを廊下《ろうか》においてみたら、なくなっていたから」

七海が家に住み着いている紙切れ人形の物の怪を、『ヒトシ君』と名づけて大好物のそばボーロをおいてやっていることに、千歳はとっくに気づいていたらしい。

「なぜ、そんな強い未練を残してしまったんでしょう？」

「捨てられてしまったんでしょうね……」

千歳が猫と顔を見合わせて、少し声を落としてそう言った。

「どうして？」

写真に写されていた家族は優《やさ》しそうで、その中で黒猫もとても幸せそうにしていたのに。そんなに大切にしている飼《か》い猫を捨ててしまうなんて信じられない。

「人にも色々な事情がありますから」

売りに出されたのも、ちょうど十年前のようだ。それから、持ち主が転々と変わっているという。この家の怪異《かいい》を気味悪がられたというのがその理由だろう。

十年前から家と、この猫の時間は止まっているのだ。

持ち主が亡くなったと考えるのが妥当《だとう》なのかもしれない。でなければ、大切な飼い猫を置き去りにしていなくなるわけがない。

人が愛情をかけた分だけ、生き物もまた人に対して深い愛情を抱《いだ》く。突然《とつぜん》切れてしまった幸福な日常の続きを、この猫はずっとこの家で待っていたのではないか。

猫には自分一匹が置き去りにされた理由なんて、きっと分からないのだろう。家族が戻《もど》ってくると信じて自分が守らなくてはと思っているのだ。

この家を。大切な思い出を……。

七海は慎重に猫の頭に手をやる。触《ふ》れても猫は暴れなかった。つぶらな瞳で、ただおっかなびっくり七海を見ているだけだ。こちらが危害を加えないと分かったのか、暴れるようなことはしない。

千歳から受け取って腕《うで》に抱いてやると、心地《ここち》よさそうに目を細める。

野良猫《のらねこ》とは違《ちが》い、やはり人の腕の温《ぬく》もりを覚えているようだ。

「うちに……うちに連れて帰ることはできませんか？　面倒《めんどう》なら私がちゃんと見ますから」

「それはかまいませんが、その猫が望むかどうか分かりませんよ？」

この猫にとって家族はただ一つだ。それなのに連れて帰っても、きっとこの家に戻ってきてしまう。

「このご一家のこと、不動産屋さんにきけばなにか分からないでしょうか？」

「分かるかもしれませんが……それほどいい結果にはならないかもしれません」

「もし、ご家族が見つからなかったり、どうしても引き取っていただけない事情があるのなら、やっぱりうちに連れて帰ろうと思うんです。ここに置き去りにしたままにはできません」

軽くため息をもらした千歳は、七海に抱かれている猫に手を伸ばして頭をなでた。

千歳に対しては警戒心《けいかいしん》が解けないのか、猫は威嚇《いかく》するように唸り声を上げる。

「どうしてうちの猫といい、こいつといい、七海さんにはすぐに懐《なつ》くのかな？」

「そうですか？」

家の猫が寄ってくるのは七海が餌《えさ》やり当番だからだ。だが、七海よりも千歳の方が大好きなのは見ていて分かる。この猫の場合は、千歳の人とは異なる気配を敏感《びんかん》に感じ取っているのだろう。

「不動産屋を当たるとしても、まずはここから出ないと」

「この子が私たちを家に閉じ込めているんですよね？」

「どうやら無意識のようです。自分が物の怪になりかけていることに気づいていないんですよ」

前に家に入った改装業者のことが、ひどく恐《おそ》ろしかったに違いない。家を破壊《はかい》する外敵だと思ったのだろう。

七海や千歳を閉じ込めたのも、家を守りたいという本能からのようだ。

「どう、しましょう？」

七海と千歳は顔を見合わせる。その視線を同時に猫に向けた。

「揺さぶってみたり、ヒゲを引っ張ってみたりしたらどうかな？」

千歳の提案に、七海は「だめです！」と首を強く横に振った。

「そんなことをしたら、だめに決まっています。かわいそうです！」

「そうですかね。びっくりして、その拍子《ひょうし》に俺たちも目が覚めるかもしれないですよ」

千歳は腕を組み、片手を顎《あご》に当てて思案する。その顔はかなり本気のようだった。

「猫乃木さん、真面目《まじめ》に考えてください！」

少し怒《おこ》って言うと、千歳は「いやだな、考えていますよ」と心外そうに答えた。

「とりあえず、居間に戻りましょう。ここにいても仕方ないですし」

埃《ほこり》まみれの床に座り込んでいても、確かになに一ついいアイデアは浮《う》かびそうになかった。


切れてしまった石油ストーブの灯油を補給して居間に戻ってみれば、七海が壁《かべ》に寄りかかるようにしてうたた寝《ね》をしていた。

肩《かた》にはおった毛布も、すっかりずり落ちてしまっている。

灯油タンクをストーブに戻してから、七海に歩み寄った。

無防備な寝顔《ねがお》に、幼い頃《ころ》の彼女の面影《おもかげ》が重なる。

「まったく……」

千歳は微《かす》かなため息とともに呟《つぶや》きをもらした。

少しくらい、警戒してくれないと困る。

そばに膝《ひざ》をついて、「七海さん」と軽く肩を揺すった。

七海は返事のかわりに、「ん……」と声をもらす。

「七海さん」

もう一度呼んでも、熟睡《じゅくすい》しているのか、それとも夢の中を漂《ただよ》っているのか目を覚まさない。

すっかり安心し切った様子で、胸に寄りかかってくる。

このまま、ここに囚《とら》われたまま……。

現世《うつしよ》に残した体はなくなったとしても、お互《たが》いの魂《たましい》がここに残り続けるなら。

心ににじみ出す濁《にご》った感情に、自嘲《じちょう》がもれる。

だからだめなのだ。強すぎる執着《しゅうちゃく》は己《おのれ》だけではなく、相手をも闇《やみ》に引きずり込むのだから。

夕顔の一件で思い知らされた。

自分たちはやはり、『人ではないもの』なのだと。

分かっていたのに。だからこそ、できるだけ執着しまいと心に決めていたのに。いつの間にか、忘れそうになっていた。いや、忘れたかったのだ。一時の夢を現実だと思いたかった。

だが、夢は夢だ。いつかは覚める。

彼女を『こちら側』に引きずり込んではいけない。彼女には人として生きていくべき未来がある。光がある。それを奪《うば》うわけにはいかない。彼女とともに歩いていけるのは自分ではない。

自分はただ送り出すだけの役割の者。

なにもかも欲しいと望んではいけない。

「鈴乃さん……あなたを恨《うら》むよ。こんな残酷《ざんこく》な役目を、俺に残していくんだから」

呟《つぶや》いた声は沈黙《ちんもく》に消える。

いつか、彼女はいまこうして一緒《いっしょ》に過ごした日々のことなど、忘れてしまうだろう。だが、その日々は彼女の中には残ることがないとしても、自分の中に残り続ける。

記憶《きおく》の中に生きる彼女は、この魂が消えるその日まで自分だけのものだ。

この手の中に残るのはそれだけだ。だが……それだけでいい。

夕顔が望んだのも、同じことだった。

自分たちは、しょせんただの『物《もの》の怪《け》』。

仮初《かりそ》めの魂が宿る、現世の陰《かげ》で生きる者でしかない。

七海の唇《くちびる》が寝息《ねいき》を静かに吐《は》きながら微かに動く。

「……チトセ……ずっと……ずっと、一緒だよ」

千歳は躊躇《ためら》ってから、彼女の耳元に顔を寄せる。

「ナナ……」

囁《ささや》いた声は、聞こえているはずはない。だが、七海は幸せそうに笑《え》みをこぼした。

一度目を伏《ふ》せてから腕を放す。そして彼女を起こさないようにそっと横たえて、毛布をその体にかけた。

振《ふ》り向くと、黒猫《くろねこ》が襖《ふすま》のそばにちょこんと座っている。

「いい加減、ここから出してはもらえませんか？」

黒猫は無言のまま、真っ直《す》ぐ千歳を見ていた。

「ここには、君が守るべきものはなにもない。戻ってくる人間はいない」

分かっていても、離《はな》れられないのだろう。

それは自分も同じかと、千歳はわずかに目を伏せる。

たとえそれが幸福な記憶であっても、忌《い》むべき記憶であっても、強い思念の染《し》みついた場所からは離れられなくなる。なにも残されていないと分かっていても、そこに囚われて一歩も動けなくなる。

本当は……止まってしまった時間が再び動き出す日を待ち望んでいるのだ。

自分の止まっていた時間を動かしてくれたのは七海だ。昔も今も、彼女だった。

千歳は立ち上がり、二歩ほど歩み寄る。そして膝を落として手を伸《の》ばした。

「もう、ここにいることはないよ」

そう言うと、猫が寂《さみ》しげな鳴き声を小さくもらした。

四

翌日の朝には、屋根から落ちる滴《しずく》を残して、台風の気配はすっかり遠ざかっていた。路面のあちこちにできた水たまりが青々とした空を映す。

玄関《げんかん》を出た七海と千歳は、心配して駆《か》けつけてきた健吾とばったり出くわした。その途端《とたん》に健吾が顔をしかめ、腰《こし》に両手を当てる。

「なぜ、電話に出ない!? 何度、連絡《れんらく》をしたと思っているんだ、この馬鹿《ばか》!」

叱《しか》りつけられた千歳は、子供のように首をすくめる。

「事情があって出られなかったんですから、仕方がないでしょう」

「事情？　どんな事情だ。卯月と一緒になにをやっていたんだ、お前は！」

千歳と七海は二人してパッと顔を赤くし、お互いに別々の方向を向いた。

「ですから、事情があったんです。ねえ、七海さん？」

「は、はい」

小さな声で返事をすると、健吾が眉《まゆ》を片方だけ上げる。

「まあいい。物の怪の正体は、それ……なのか？」

七海が抱《だ》きかかえているのはやせ細り、かなり老衰《ろうすい》した黒猫だ。目を開けるのも億劫《おっくう》そうに、七海の腕《うで》の中でじっとしている。

七海が千歳に起こされて目を覚ました時には、すっかり朝になっていた。どうやら、先に意識を取り戻《もど》した千歳が、玄関先で倒《たお》れていた七海を居間に運んでくれたらしい。

その後、二人で猫の姿をさがすと、やはり屋根裏の隅《すみ》でこの猫がうずくまっていた。

千歳の言う通り、自分たちはこの猫の意識が作り出した現世ではない場所に取り込まれていたらしい。

そこからどうやって『こちら』に戻ってきたのかは、七海には分からなかった。ただ、千歳のおかげだということは分かる。

「そのようです。この家に未練があって……それで今回のようなことになったんですよ」

「怪異《かいい》は収まったのか？」

「仕事はちゃんとしましたよ」

千歳は後ろで手を組みながら、すました顔をしてそう答えた。

「不動産屋には俺から連絡をしておく。まったく……面倒《めんどう》ばかりかけるな！」

昨夜の台風のせいで、健吾は一晩中交番に詰《つ》めていたようだ。寝不足《ねぶそく》のせいか、珍《めずら》しくカリカリしている。それに、千歳が携帯《けいたい》に出ないことで心配も溜《た》まっていたのだろう。

「ごめんなさい、犬塚さん！」

七海が千歳にかわって深く頭を下げる。

「卯月に言ったわけじゃないぞ」

「私も連絡できなかったから。本当にごめんなさい！」

「分かった、もういい……俺は帰るから、猫はひとまずそっちで預かってくれ」

健吾は疲《つか》れたように言い、自転車を引きずって帰ろうとする。

「ああ、健吾。面倒ついでに一つ頼《たの》まれて欲しいんですけど」

千歳に引き止められ、健吾は思い切り渋面《じゅうめん》をつくる。

「徹夜《てつや》明けの俺を、まだ働かせる気か？」

「頼《たよ》りにしているんですよ」

ニッコリ微笑《ほほえ》む千歳に、健吾はあきらめたようにため息を吐いた。

自転車が走り去るのを見送っていると、千歳がふらりとよろける。

「猫乃木さん、大丈夫《だいじょうぶ》ですか」

七海は慌《あわ》てて片手で、千歳の肩を支えた。

「すみません、やっぱり三日も食べないと……お腹《なか》が空《す》くものですね」

千歳はお腹をさすりながら、恥《は》ずかしそうに言った。

七海が持ってきたお弁当を食べたのも、この猫の意識の中に囚われていた間のことだ。食べた気分になっていただけということなのだろう。

早く帰って、千歳に温かいご飯を食べてもらいたい。それに猫にも餌《えさ》が必要だ。

「帰ったら、すぐにご飯にします」

七海がそう言うと、千歳は嬉《うれ》しそうに顔を綻《ほころ》ばせた。


『猫また堂本舗』に来訪者があったのは、それから二週間ほど経《た》った日のことだった。「ごめんください」と声がして、七海は返事をしながら通り庭を抜《ぬ》け、木戸を開いて店に出る。

帽子《ぼうし》を脱《ぬ》いで頭を下げたのは、六十を過ぎた歳《とし》の男性だった。髪《かみ》はすっかり白く、黒縁《くろぶち》のメガネをかけていた。

「クロのことで、連絡をいただいた大島《おおしま》です」

「あっ、はい！　お待ちしておりました」

店の椅子《いす》に腰かけてもらい、七海はパタパタと居間へ引き返す。

健吾に、空き家の十年前の家主をさがしてもらっていたのだが、不動産屋の記録に残っていた連絡先は変わってしまっており、その後の足取りを追うのに随分《ずいぶん》と手間取ったようだ。

それが、先日、ようやく見つかり連絡がついたと知らせがあった。

居間で待っていた千歳に、「大島さん、お見えになりましたよ」と知らせる。

七海は黒猫が丸まっているバスケットを抱《かか》え上げて、千歳とともに店の方へ引き返した。

「急にご連絡をして、すみませんでした」

「いや……こちらこそ。驚《おどろ》きました。本当に」

大島は立ち上がって歩み寄ってきた。バスケットの中でうずくまる黒猫を見ると、皺《しわ》の刻まれた目もとに涙《なみだ》がにじむ。

「クロ……」

呼びかけられた黒猫は、うっすらと目を開いて男性を見上げた。

「クロ……私だよ。分かるか？」

ふらつきながら身を起こしたクロが、返事をするように鳴き声を上げる。

いまにも切れてしまいそうなほどボロボロになったリボンが、変わらずその首に巻かれていた。自分もまだ家族の一員なのだと、それが誇《ほこ》らしげに主張しているように見える。

「もう、十年も経つので生きているなんて思わなくて……ですが、間違《まちが》いなくこの猫はうちのクロです」

大島はメガネを持ち上げて、込み上げてきた涙を指で拭《ぬぐ》う。

「清水の近くの、大島さんが住んでおられた家にずっといたようです」

七海がバスケットを渡《わた》して伝えると、大島は驚いたような顔をした。健吾からは詳《くわ》しくは聞いていないのだろう。

バスケットを大事そうに抱えたまま、長椅子にストンと腰を下ろす。

「そうか……このクロは、私の母親が大事にしていた猫なんです」

大島はアメリカの病院で医師として勤務しており、あの家には彼の母親がクロと一緒《いっしょ》に暮らしていたようだ。だが、母親は高齢《こうれい》のため一人で生活することが困難となり、介護《かいご》施設《しせつ》に移ることになった。

「生憎《あいにく》、私はこちらに帰ってくることができなくて、手続きは親戚《しんせき》に頼んでいたのですが……クロはその時、母親の知人に引き取られたと聞いていたんです」

それからまもなく母親が亡《な》くなり、家は売りに出された。無人になれば家は荒《あ》れてしまう。それなら、他人に譲《ゆず》り渡した方がいいと思ったらしい。それから、いまに至るまでクロの行方《ゆくえ》やその後のことを知ることはできなかったようだ。

「戻ってきていたんですね。こいつは母さんにくっついてばかりだったから。それが忘れられなくて、恋《こい》しかったんでしょう」

大島はクロをなでながら声を震《ふる》わせた。

「大島さん、クロちゃんなんですけど。具合がよくなくてお医者さんに診《み》せたんです。体のあちこちが弱っているみたいで、もうそんなに……」

七海が言葉を濁《にご》すと、大島は分かっているというように何度も頷《うなず》いた。

「とっくに寿命《じゅみょう》がきていてもおかしくはない歳だ。これだけ長生きして待っていてくれたんです。私は母親の最期《さいご》も看取《みと》ることができなかった。だから、せめてクロのことは看取りたい。無責任な飼い主ですが……引き取らせてください」

立ち上がって深々と頭を下げた大島を、クロはトロンとした瞳で眺《なが》めていた。そしてまどろむように目を伏《ふ》せる。

この先見る夢は、きっと、穏《おだ》やかで優《やさ》しい。

七海は「こちらこそ、お願いします！」と、頭を下げた。

店の外まで一緒に出ると、大島はクロを抱えたまま深く頭を下げた。そして待っていたタクシーに乗り込んで帰っていく。

それを見送っていると、千歳が暖簾《のれん》をくぐって出てくる。

「いってしまいましたね」

「はい……なんだか、少し寂《さび》しいですね」

二週間ほど預かっていただけでも、情というのは移るものだ。

涙がにじみそうになるのを堪《こら》えていると、千歳の手が頭に触《ふ》れる。

引き寄せられるまま、七海はそばにある肩《かた》に寄りかかった。

居間に戻《もど》った七海は、最近閉め切ってばかりの雨戸を開ける。

落ち葉が一枚、縁側《えんがわ》に舞《ま》い込んできた。

その場に腰《こし》を下ろし、枯《か》れ草におおわれた庭を眺める。

少しのあいだ、物思いにふけっていた。

空き家にいる間、懐《なつ》かしい夢を見た。

祖母と、『チトセ』と一緒に、幼稚園《ようちえん》の帰り道を歩いていた。

坂道を上っていくと、真っ青な海が見えてくる。その景色が好きだった。

太陽の光が海面に跳《は》ね返り、打ち寄せる波が宝石のように白く輝《かがや》いていて。吹《ふ》きつける心地《ここち》よい潮の香《かお》りも、ちゃんと覚えていた。

あの頃《ころ》は、家から離《はな》れることになるなんて考えもしなかった。

ずっと、ずっと祖母と『チトセ』と一緒にいるのだと思っていた。だが、『チトセ』は姿を消してしまい、どれほどさがしてももう戻ってくることはなかった。

祖母と二人きりになった。その祖母もいなくなり、たった一人きりであの家に取り残された時、幸福な日々を思い出すこともできなくなった。

思い出せば、喪失《そうしつ》の痛みも大きくなり、まるで心を抉《えぐ》られるようで。だから、なにも考えないようにした。なにも考えなければ辛《つら》くない。そう自分に言い聞かせながら。

大好きだった坂道から見える海。

随分と久しく見ていないような気がする。見れば泣いてしまいそうで。

いま、もう一度あの景色を目にしたら、自分はなにを思うのだろう？

懐かしいと思えるだろうか？

そこにある記憶《きおく》も、優しい気持ちで思い返すことができるだろうか？

そう思うと、なんだか急に……帰りたくなった。

誰《だれ》もいなくなった空の家。

だが、そこが自分の原点だ。

この先どれだけ月日が経とうとも、それが変わることはない。

そばにやってきた千歳が、雪平を抱《だ》いたまま腰を下ろす。

「猫乃木さん、そのうち、家に戻ろうと思います」

七海がそう言うと、千歳が驚いたように見つめてきた。

「大学は……どうするんですか？」

「お休みになってからですよ。ほら、今年のお盆《ぼん》は戻れなくて、お墓参りもできなかったから。家の片づけも残っていますし。もちろん、すぐに戻ってきます！」

慌《あわ》ててそう言うと、千歳は「なんだ」と額を押さえながら安堵《あんど》したように呟《つぶや》いた。

「だめ、ですか？」

「いいえ……それなら、俺も一緒にいこうかな」

「猫乃木さんもですか？」

七海は驚いて思わずきき返した。

「俺は鈴乃さんの葬儀《そうぎ》も出られなかったですしね。お墓参りくらい、一度しておかないと」

七海は胸の奥が熱くなるのを感じて、慌てて庭の方に顔を戻す。その手が膝《ひざ》の上で拳《こぶし》をつくった。


「おばあちゃん、きっと喜びます」

「そうかな？　くるのが遅《おそ》いって怒《おこ》られそうですけど」

千歳が雪平をなでながら苦笑《くしょう》する。

「いいえ、絶対喜びます……私も嬉《うれ》しいです。すごく、嬉しいです」

千歳と祖母のお墓参りができるなんて。たくさん報告したいこともある。

それに、あの坂道を千歳と……もう一度、歩きたい。

いまはあの頃とは違《ちが》うけれど、一緒に歩けたら自分の胸に焼きついて、どんなことがあっても忘れることはないと思えた。

「それじゃあ、約束ですよ？」

優しい笑《え》みを浮《う》かべた千歳に、七海はしっかりと頷いた。

第三話

人魚の涙

一

七海が奈央に誘《さそ》われ、水族館に足を運んだのは十二月に入って最初の土曜日のことだ。

家族連れや修学旅行生、遠足中の幼稚園児《ようちえんじ》などで賑《にぎ》わう館内を、いつもよりもはしゃぎ気味の奈央に引っ張られて見てまわる。

海のそばの漁師町で育った七海だが、もちろん、アシカやアザラシといった生き物を直接見るのは初めてのことだ。

地元には大きくて立派な水族館はなかったし、祖母と二人暮らしだったため、遠出をすることも希《まれ》だった。本格的な水族館を堪能《たんのう》するのはこれが初めてで、見る物全部が珍《めずら》しく、奈央でなくても心が浮き立ってくる。

幼稚園児の集団と奈央が場所を取り合うように水槽《すいそう》に張りついているのを、後ろに下がって眺《なが》めた。

青白いライトに照らし出された大きな水槽は、なんとも幻想《げんそう》的だ。その中をカメやサメ、エイなどの様々な生き物が悠々《ゆうゆう》と泳ぎまわっている。

(猫乃木さんは水族館、きたことあるのかな？)

千歳は魚が大好きだ。ただ、それは食卓《しょくたく》に並ぶサンマやアジといった部類のものであって、展示されている食べられない魚まで好きかどうかは分からない。

興味があるようなら、思い切って誘ってみようか。そんなことを考えていると、親密そうに手をつないだカップルが通り過ぎていった。その姿に思わず赤面してしまう。

『猫また堂本舗』で暮らすようになって半年以上が経《た》つが、ご近所での買い物や必要な場合以外で一緒《いっしょ》に出かけたことはない。千歳から誘われたことも、もちろんなかった。

デートなんて特別な意味合いのものでなくていい。一緒に楽しめたらそれでいいと思うが、自分から誘うにはやはり気が引けてしまう。

「七海、七海！」

幼稚園児の集団が先生に引率《いんそつ》されながら元気に立ち去る中、奈央が手招きしている。

そばに寄ろうとした時、目の前を横切っていった少女に目が留まった。

(あれ……)

歳《とし》は十五、六歳くらいに見えるが、緩《ゆる》くうねる髪《かみ》は真っ白だった。身に着けているのは、ダボダボのワイシャツが一枚だけだ。

(裸足《はだし》?)

歩くたびに水が滴《したた》り落ちている。外は雨だろうかと思ったが、今日の天気予報は一日中晴れだったはずだ。それに水族館に入る前も雨の気配など微塵《みじん》もなかった。

明らかに普通《ふつう》ではないのに、そばを通る人たちは誰《だれ》も気づいていない。というよりも、その姿が目に入っていないようだ。チラッとも視線を向けない。

少女は手で宙をさぐるようにしながら水槽に向かう。髪と同じく、その瞳《ひとみ》もまるで真珠《しんじゅ》を埋《う》め込んだように白く澄《す》んでいた。

頼《たよ》りない足取りで歩いていたが、人にぶつかった拍子《ひょうし》によろめいて倒《たお》れかける。

思わず駆《か》け寄ると、少女が七海にしがみついた。

焦点《しょうてん》の合わない瞳が気配をさぐるように周囲を見まわす。

(見えないのかな?)

「大丈夫《だいじょうぶ》?」

声をかけると、少女が七海の方に顔を向けた。

「ここは……海?」

少女が微《かす》かな声で尋《たず》ねる。

「海?」

「海のにおいがするから」

(……もしかして、人ではないの?)

体から微かに潮の香《かお》りがする。それは海沿いの町で育った七海にはなじみ深いにおいだった。

「ここは海じゃなくて、水族館だよ」

「すい、ぞくかん?」

少女は不思議そうな表情を浮《う》かべた。

「海の生き物を展示しているところ。海をさがしているの？」

尋ねると、少女は小さく頷《うなず》いた。

「帰りたい……」

水族館の海水のにおいにつられて、迷い込んだのだろうか？

七海から手をはなすと、少女は危なっかしい足取りで水槽に近づく。そして、ガラスにぴったりとくっついて目を伏《ふ》せた。

「ほら、海のにおいと音がする」

そう言った彼女の瞳から涙がこぼれ落ちた。

不思議なことに、水槽の中を漂《ただよ》っていた魚たちがそばに寄ってくる。その様子はまるで少女のことを気づかっているように見える。

（ガラスにも映ってない……）

七海や、他《ほか》のお客さんの姿は磨《みが》かれたガラスにうっすらと映っているというのにだ。

「七海、どうしたの？」

声をかけられて振《ふ》り返ると、奈央が心配そうな顔をしている。

「なんでもないよ」

「本当？　一人でなにか言ってたからさ。びっくりしちゃったよ」

奈央には見えず、自分の目にだけ見えているということはやはり物の怪《もののけ》ということになるのだろう。

少女は水槽から離《はな》れると、フラフラと歩き出した。

「奈央ちゃん。ごめん、ちょっと先にいってて。すぐに戻《もど》るから」

七海は奈央に断って、少女の後を追いかける。

「もうすぐイルカショー始まるから、先にいって席とっておくよ」

「うん、お願い！」

その瞳に宿った深い孤独《こどく》と寂《さび》しさを、放《ほう》っておけない気がした。

水族館の出口ゲートを、少女は誰に見咎《みとが》められることもなく擦《す》り抜《ぬ》ける。

七海が再入場するためのスタンプをチケットに押してもらっている間に、すっかり先にいってしまっていた。しかも、向かっているのは車の往来の激しい車道の方だ。

「そっちは危ないよ！」

声が聞こえたのかどうかは分からないが、ようやく少女の足が止まった。

その前で急停車した黒い車のドアが開き、数人の男たちが降りてきて少女を取り囲む。

（え？）

すぐには事態が飲み込めない。

腕《うで》をつかまれた少女が抵抗《ていこう》しようとしているところを見ると、知り合いというわけではなさそうだった。明らかに、無理やり連れ去ろうとしている。

声を上げようとした時、助手席のドアが開く。降りてきたのは、七海と同じ大学に通う狐賀冬夜だった。

どうして冬夜がこんなところにいるのかと、戸惑《とまど》って立ち止まる。冬夜は経済学部の二回生で、七海は以前、冬夜に誘われて同じ弓道《きゅうどう》サークルに所属していたことがある。

シャープなメガネがよく似合う上品な顔立ちで、大学構内でも随分《ずいぶん》と女子学生にもてる。

ただ、冬夜の顔はそれだけではない。狐賀家は千歳と同じくこの京都で『魔除《まよ》け屋』を営むかなり由緒《ゆいしょ》ある家柄《いえがら》のようだ。そして冬夜自身も、人とは異なるものの血を引いているようだ。

千歳とも、仕事柄《がら》か色々と因縁《いんねん》がある。

白いシャツにグレーのスーツという格好が様になっていて、とても大学生には見えない。

七海が戸惑っていると、冬夜がこちらに気づいて振り向いた。大学の構内なら気楽に声をかけてくるのに、いまは目を細めただけですぐに助手席に乗り込んでしまう。

「待って、狐賀さん！」

追いかけたが間に合わない。目の前で急発進してしまった車を、七海はなすすべもなく見送るしかなかった。

「なんで……狐賀さんが」

人ではない少女。それを連れ去った狐賀冬夜。

頭が混乱してしまい、自分がどう行動するべきなのか分からなかった。

相手が人間ならすぐに警察に駆け込んだだろう。だが、物の怪であるならそういうわけにもいかない。しかも、彼女がどういう事情で水族館に迷い込み、冬夜に連れ去られたのか分からないのだ。

途方《とほう》に暮れた七海の耳に、歓声《かんせい》と拍手《はくしゅ》の音が聞こえる。どうやら、イルカショーはすでに始まってしまっているようだった。


居間のこたつに入った千歳は、健吾から渡《わた》された写真に目を通す。その表情がわずかに険しくなった。

すっかり寒くなってしまったので、庭先の猫たちもいまは家の中だ。おかげで、こたつの中は猫《ねこ》のたまり場と化している。

雪平も千歳の膝《ひざ》の上で丸まり、布団《ふとん》の温《ぬく》さにウトウトしていた。

「どう思う？」

向かいに座った健吾が、千歳のいれたお茶を啜《すす》ってからこたつ台に湯飲みを戻す。

「間違《まちが》いないでしょうね、どうして姿を現したのか」

「餌《えさ》をさがしているんだろう」

「餌……人を襲《おそ》った痕跡《こんせき》は？」

顎《あご》に手を当て、視線を上げて健吾を見る。

「いまのところ報告はないな。だが、このまま餌にありつけなければ飢《う》えて人を襲う可能性もある。放置はできん」

「そうですね。早く手を打った方が……」

写真を健吾に返した千歳が、微かな物音を察して襖《ふすま》の方に顔を向けた。

「七海さん、戻ったみたいですね」

こたつに潜《もぐ》り込んでじゃれていた猫たちも一斉《いっせい》に布団から顔を出し、雪平も頭を起こして耳をピンと立てる。

その反応が同じに見えて、健吾が「お前らな」と呆《あき》れたような顔を見せた。


水族館から戻った七海は、店の表玄関《おもてげんかん》から入り、通り庭と呼ばれる細く薄暗《うすぐら》い通路を抜ける。

夏場は裏庭を抜けて縁側《えんがわ》から直接居間に上がっていたのだが、寒くなってからは雨戸を閉めてしまっている。そのため、いまは上がり口から廊下《ろうか》を通って居間に向かうようにしていた。

踏《ふ》み石に健吾の革靴《かわぐつ》がそろえて脱《ぬ》いであったので、おそらく巡回《じゅんかい》の途中《とちゅう》で立ち寄ったのだろう。

(犬塚さんがきてるなら、話……した方がいいのかな?)

思案しながら居間の襖を開くと、雪平が一目散に駆《か》け寄ってきた。

「ただいま、雪平」

七海は雪平の体を両手で抱《だ》き上げた。

「お帰りなさい、七海さん」

居間に入ると、こたつに入っていた千歳が微笑《ほほえ》む。

「ただいま戻りました。犬塚さんもいらっしゃい」

「ああ、邪魔《じゃま》をしている」

襖を閉めてからこたつに歩み寄ると、猫たちが足もとに集まってきた。その尻尾《しっぽ》を避《よ》けながら座布団に腰《こし》を下ろす。

「水族館、どうでした?」

すぐに返答ができなかったのは、冬夜に連れ去られた少女のことが気にかかったからだ。

なにもできないまま、こうして戻ってきてしまった。

「七海さん?」

千歳に呼ばれ、ぼんやりとしていた七海は笑《え》みをつくる。

「楽しかったですよ。これ、お土産《みやげ》です」

手に提《さ》げていたビニール袋《ぶくろ》の中から、お菓子《かし》の箱を取り出して渡した。

「イルカのクッキーですか。かわいいですね」

千歳は嬉《うれ》しそうな顔をしながらさっそく包装紙を開ける。

「俺はそろそろ交番に戻る」

「七海さんが買ってきてくれたクッキー、食べていけばいいのに」

帽子《ぼうし》を手に腰を上げた健吾を、千歳が見上げた。

「勤務中なのにそう油を売っていられるか。卯月、悪いな」

「いえ……」

健吾は千歳の方に顔を戻すと、「例の件は頼《たの》んだ」と言い残して居間を出ていった。

どうやら、仕事の用事で立ち寄ったらしい。

「あっ、犬塚さん」

小分けになったクッキーの包みをつかんでビニール袋に入れ、腰を浮《う》かせる。

廊下に出ると、健吾は上がり口で靴《くつ》をはいているところだった。

「これ、持って帰ってください」

駆け寄って、ビニール袋を渡す。

「すまんな。もらっていく」

「いいえ、表まで一緒《いっしょ》にいきます」

七海はつっかけにはきかえ、健吾と並んで店の表玄関へと向かった。

外に出ると、日差しが傾《かたむ》き、空の端《はし》がぼんやりと暗くなっている。

近所の飲食店の暖簾《のれん》が、風にはためいていた。

「なにか話があったんじゃないのか？」

店の脇《わき》に立てかけていた自転車を起こしながら、健吾が尋《たず》ねた。

「千歳には聞かれたくない話なんだろう？」

影《かげ》の伸《の》びた石畳《いしだたみ》に視線を落としてから、思い切って口を開く。

「今日、狐賀さんを見かけたんです」

「狐賀冬夜か？」

健吾の眉間《みけん》に皺《しわ》が寄る。

七海は頷《うなず》いて、胸につっかえていたことを一通り話した。

「事件と決まったわけではないと思うんです。ただ、犬塚さんは警察官だし、耳に入れておいた方がいいと思ったんです」

「その判断は正解だ」

「私、どうしていいのか分からなくて」

「この件は俺に預けてくれ。心当たりがある」

健吾は思案してから、そう言った。

「なにか分かれば、私にも教えてもらえますか？」

「ああ、もちろんだ」

自転車のハンドルに手をかけてサドルに跨《また》がると、自転車のベルを挨拶《あいさつ》がわりに鳴らして走り去る。

話したら、胸のモヤモヤが少しばかり晴れた気がした。

健吾なら、冷静に対処してくれるだろう。

身をひるがえし、敷居《しきい》を跨いで店に戻《もど》る。

いつの間にか、雪平を抱《かか》えた千歳が壁《かべ》に寄りかかって立っている。先ほどの健吾との会話を聞いていたのだろう。

「猫乃木さん」

呼ぶ声が思わずうろたえる。

「七海さんが、なにか隠《かく》しているみたいだったから」

千歳の口調はどこか素《そ》っ気なく聞こえた。

「少し傷つきました。俺より先に健吾に相談するんだから。物《もの》の怪絡《けがら》みのことなら、言って欲しかった」

「ごめんなさい、猫乃木さんに隠し事をしたかったわけじゃないんです」

「そうですか?」

「本当です。ただ、言えなくて」

七海はスカートを両手で握《にぎ》り締《し》め、困ったようにうつむいた。

「狐賀冬夜が関《かか》わっていることだから?」

千歳の瞳《ひとみ》が少しばかり冷たくなった気がした。

「狐賀さんのことで、私は前に猫乃木さんに大怪我《おおけが》をさせたでしょう?」

だから、千歳には話すのがためらわれたのだ。

抱《だ》きかかえた千歳の体から流れ落ちていく血液と体温。この人を永遠に失うかもしれないと思ったあの時の恐怖《きょうふ》は、いまもまだ鮮明《せんめい》に覚えている。体が震《ふる》えてしまい、頭が真っ白になって生きた心地《ここち》がしなかった。

「いやなんです。もう、あんなことは」

密《ひそ》かに唇《くちびる》を噛《か》むと、千歳が歩み寄ってきた。

頭に乗せられた雪平がずり落ちてきて、七海は慌《あわ》てて両腕で抱き留める。

「……怒《おこ》っていますか?」

「七海さんにそんなに頼《たよ》りにならない男だと思われていたとは。自分が情けなくなったんです」

千歳がいささか大げさにため息をもらした。

「そんなこと、思ってません。猫乃木さんのことはとっても頼りにしてます」

「健吾より？」

「決まってます！　誰《だれ》よりも一番、信頼《しんらい》して……」

目一杯《めいっぱい》声に力を込めて答えた七海は、千歳の瞳に愉快《ゆかい》そうな色が浮かぶのを見て真っ赤になる。どうやら、からかわれていたらしい。

雪平が苦しがるのもかまわず腕に力を込めた。

「本当ですよ？」

「そう。じゃあ、俺のことちゃんと信頼して、全部話してください。物の怪と狐賀冬夜のことに関しては秘密はなしですよ？」

そう言われては、隠し立てなどできるはずもない。七海は首をすくめ、「はい」と小さな声で答えた。


居間に戻ると、お茶をいれ直して千歳に差し出す。そして、水族館での出来事を話した。健吾に伝えたこととほぼ同じ内容だ。

「人ではなかったように思うんです。奈央ちゃんや周りにいた人たちには見えてなかったから。それに、水浸《みずびた》しで」

七海は「どう、思いますか？」と、千歳の顔色をうかがいながら尋ねた。

「物の怪は、物の怪でしょうね」

千歳は袋《ふくろ》を破ってイルカ形のクッキーを口に運ぶ。ポリと半分に割ると、尻尾《しっぽ》の方を雪平にやった。

「どうして、狐賀さんはあの子を連れ去ったんでしょう？」

「連れ去ったというより、おそらく逃《に》げ出したんじゃないかな？」

「逃げ出した？」

「狐賀は魔《ま》除《よ》け屋の中でも少々特殊《とくしゅ》なんです」

物の怪といっても、人に害をなす凶暴《きょうぼう》なものから、人に福をもたらすものまで様々だ。

狐賀の家は利用できる物の怪を捕《と》らえ、それを同業の者や時には人間の術者などに密かに売りさばいているようだ。

「狐賀さんもでしょうか？」

「例外ではありませんよ。あの家は特に力の強い物の怪を術によって服従させることに長《た》けている」

千歳は目を眇《すが》め、こたつ台に片肘《かたひじ》をついて頬杖《ほおづえ》をつく。

「そんなことをしてどうするんでしょう」

「強い物の怪を所持していれば、それだけ他《ほか》の者に対する威嚇《いかく》にもなるし、また別の物の怪を捕らえることもできるから欲しがる者は多い」

「あの子も売られてしまうということですか？」

七海は驚《おどろ》いてきく。

「そう考えるのが妥当《だとう》だと思います。狐賀冬夜がわざわざ出向いてきたのだとしたら、よほど価値のある物の怪なんでしょう」

帰りたいと、少女が流した涙《なみだ》を思い出し、胸が締めつけられるような気がした。

（なんとか、助けられないかな？）

売られた先に幸福な未来が待っているとはとても思えない。それが分かっていて、見て見ぬ振《ふ》りはできない。それはあまりにも非情だ。

「だめですよ、七海さん」

顔を上げると、千歳がじっと見つめていた。

「無茶《むちゃ》、しようとしているでしょう？」

「そんなこと、ありません」

七海は首を横に振って答える。

無茶をしようにも、その仕方すら自分には分からない。ただ、自分にできることがあるのならしたい。その気持ちだけははっきりとしていた。

「なにか分かれば、健吾が知らせてきます。それを待ってからでも遅《おそ》くはない。狐賀もすぐに危害を加えるような真似《まね》はしないはずですし」

それまでは大人しくしていなさいと、千歳の瞳が言っているように思えた。

七海はコクンと頷《うなず》いてから、いささかしょげてうな垂れる。

「すみません。やっぱり猫乃木さんを巻き込むことになってしまって」

「そうそう大怪我なんてしやしませんよ。大どくろの時には俺もちょっとばかり頭に血が上っていたので……そのせいですよ」

「狐賀さんは猫乃木さんの商売敵《がたき》ですからね」

お茶を啜《すす》っていた千歳が急にむせたので、七海は慌ててポケットからハンカチを取り出した。

「大丈夫《だいじょうぶ》ですか？」

千歳は受け取ったハンカチで咳《せ》き込む口を押さえる。

「まあ、そういうことにしておきます」

（なにか、違《ちが》ったのかな？）

冬夜と千歳の因縁《いんねん》については、まだよく分からないことが多かった。


翌日、大学に出かけた七海は、講義を聴《き》きながらシャープペンシルを弄《もてあそ》んでいた。

ノートをトントンと叩《たた》いてから顔を上げる。

階段教室の後ろの方の席なので、黒板が遠くて見えづらい。隣《となり》の奈央はすっかりやる気をなくし、テキストで頭を隠《かく》しながら居眠《いねむ》りをしている。

（狐賀さん、今日、大学にきているのかな？）

二回生である冬夜と顔を合わせることは滅多《めった》にない。弓道《きゅうどう》サークルに所属しているので、いつもなら講義の後は弓道場にいるはずだ。学生用ラウンジや学食で女子学生たちに囲まれているところも、何度か見かけたことがある。

七海はチラッと腕時計《うでどけい》を見て、あと五分で講義が終わるのを確認《かくにん》する。机の上に広げていたテキストやノートを一足先にコソコソとバッグにしまう。チャイムが鳴り、学生たちが立ち上がると同時に腰《こし》を上げた。

「あれ、終わった？」

頭をのそっと起こした奈央が、寝《ね》ぼけた顔できく。

「うん。奈央ちゃん、ちょっと用事があるから、先に帰るね。ごめん！」

七海はそう言うと、ポカンとしている奈央を置き去りにして講義室を飛び出した。

やはり、冬夜に直接会って確かめたかった。そう思うのは、まだ自分は冬夜のことを、心のどこかで信用したがっているからなのかもしれない。それほど、悪い人ではないと……。

先に学生用ラウンジと学食に立ち寄り、冬夜の姿がないことを確かめてから、弓道場を目指す。

女子学生たちの賑《にぎ》やかな歓声《かんせい》が聞こえてくるということは、やはり冬夜は練習中なのだろう。七海は玄関《げんかん》口で靴《くつ》を脱《ぬ》いで的場へと向かった。

白い道着と黒い袴姿《はかますがた》の冬夜が、的の前に立って弓を構えていた。放った矢がゾクッとするほどいい音を立てて的に命中する。その度《たび》に、女子学生たちが黄色い悲鳴を上げていた。

引《し》き締まった表情と鋭《するど》く的を見据《みす》えた切れ長の瞳《ひとみ》、歪《ゆが》みのない真っ直《す》ぐな立ち姿は惚《ほ》れ惚《ぼ》れする。

周りに合わせて思わず手を叩きそうになった七海は、自分の目的を思い出して慌《あわ》てて手を引っ込めた。女子学生たちの間をなんとか通り抜《ぬ》け、よろめくように前に出た。

「狐賀さん！」

次の矢を弓に番《つが》えようとしていた冬夜に声をかけた瞬間《しゅんかん》、場が水を打ったように静まり返った。その場にいた全員が、何事かと七海に注目したのだ。

冬夜が弓を下ろして七海を見る。その口もとに微《かす》かな笑《え》みがこぼれたのは、七海がくることが分かっていたからだろう。

「大切なお話があるので、お時間をいただけませんか？」

進み出てそう言うと、冬夜は矢を持った片手を腰に運ぶ。

「この場ですませられる話でもなさそうだね。まあ、いいよ。せっかくの君からの誘《さそ》いだ。断る理由はない」

冬夜は後輩《こうはい》の男子学生に弓と矢を預けた。

「表で待ってて」

的場から退場する冬夜に頭を下げる。

女子学生たちの視線を感じつつ、七海は身をひるがえしてその場を後にした。


言われた通り弓道場の表で待ちながら、七海は靴でトントンと地面を蹴《け》った。

凍《こご》えそうな灰色の空を見上げる。手に吹《ふ》きかけた息までも冷たかった。

「待たせたね」

ドアを開いて出てきた冬夜は道着と袴を着替《きが》え、Vネックのセーターにズボンという格好で、その上にコートをはおっている。

「せっかくだから、どこかにいこうか？　ドライブしながらでもいいし、それともカフェに入るのがいい？」

「昨日のこと、聞きたいんです」

七海はバッグの持ち手を握《にぎ》り締めながら、単刀直入に話を切り出した。

微かにため息を吐《つ》いた冬夜が、「弱ったな」と呟《つぶや》く。

「この場じゃなんだから、やっぱり車にいこうか。人に聞かれることもないし、エアコンも効くから。ああ、飲み物くらいなら奢《おご》るよ」

そう言い、裏門の外にある大学の駐車場《ちゆうしゃ》へと向かって歩き出した。

七海は戸惑《とまど》いながらその後を追う。

「待ってください、狐賀さん。私、車には……学食はどうですか？　いまなら、そんなに人もいないと思うし」

車よりも学食の方が安心だ。まったく誰《だれ》もいないということはないだろう。

冬夜が足を止めて七海を振り返った。

「話があるんだろう？　車じゃなきゃ聞かない。あんなものの話、人のいる場所でできるわけないし」

(あんなもの……？)

その言い方が、どこか蔑《さげす》むような響《ひび》きを含《ふく》んでいるように聞こえた。

七海は迷ってから顔を上げ、冬夜に片手を突《つ》き出した。

「車の鍵《かぎ》、貸してください」

「あれ、七海ちゃん、君、免許《めんきょ》持ってた？」

面白《おもしろ》がるように冬夜がきく。

「鍵がなければ急に車を出されることもないから」

「ふーん、多少は学習したか。でも、それじゃあエアコン、効かないけど」

「かまいません。寒いくらい我慢《がまん》できます」

「分かったよ。ちゃんと返してくれよ？」

冬夜がコートのポケットから取り出した鍵を、七海の手に落とした。

不安をぬぐい去ろうとするように鍵を握り締めてから、七海は冬夜の後についていった。


駐車場に停《と》めてあった青のスポーツカーに乗って待っていると、運転席に冬夜が乗り込む。

ドアを閉め、手にしていた紙コップの一つを七海に預けた。

甘い香《かお》りのする中身はホットココアだった。

エアコンのついていない車内はさすがに寒く、足が小刻みに震《ふる》える。それを堪《こら》えて、ココアを口にした。冷えた手を紙コップの熱が温めてくれる。そのおかげで緊張《きんちょう》が少し解《ほぐ》れた。

「俺になにがききたいの？」

片肘《かたひじ》を窓の縁《ふち》に引っかけながら、冬夜が自分の分の紙コップを口に運ぶ。

「昨日、水族館の前の道で狐賀さんを見かけました。車から降りてきたところ」

「へえ、そう？」

冬夜はコーヒーを見つめながら、気のない返事をする。

「どうして、あの子を連れ去ったのか教えてください」

「それ、君に関係ある？」

「人がさらわれるのを目撃《もくげき》したのに、見過ごすわけにはいきません」

精一杯《せいいっぱい》強気な口調で言うと、冬夜は声を立てずに笑う。

「人、というわけでもないんだけどね」

「どちらにしても、誘拐《ゆうかい》です！」

「じゃあ、警察に言うかい？　ああ、もう言ったのか。君のところは犬塚のが出入りしているから。だけど、無駄《むだ》だよ。あれはうちが所有しているもので、彼らにも口を挟《はさ》む権利はない」

冬夜はフロントガラスにどこか冷めた瞳を向けたまま、淡々《たんたん》と答える。

七海は一度、唇《くちびる》を結んでから自分の手もとに視線を落とした。

「狐賀さんの家は、物《もの》の怪《け》を売買していると聞きました。あの子も……誰かに売り渡《わた》すつもりですか？」

「余計なことに首を突っ込むなって、君のところのに言われなかった？」

「言われました。言われましたけど、これは余計なことだとは思いません」

「七海ちゃん、俺もね。今回の一件に君を巻き込みたくはない。できれば、見なかったことにして忘れてくれないかな？　といっても君には無理か」

「せめて、あの子をどうするつもりなのか、教えてください」

ため息を吐いて、冬夜は紙コップを口に運ぶ。湯気がメガネを曇《くも》らせた。

なかなか答えてくれないので、七海は焦《じ》れて「狐賀さん！」と呼ぶ。

「あれはただの餌《えさ》だよ」

「物の怪に食べさせる、んですか？」

戸惑いながら尋《たず》ねると、冬夜はメガネを片手で外す。

「いいや、食うのは人間さ」

人魚の肉は不老不死の妙薬《みょうやく》になるからと、冬夜は軽蔑《けいべつ》交じりの笑みを浮《う》かべる。

七海は言葉を失った。頭と感情が言われた言葉を無意識に拒絶《きょぜつ》する。すぐに受け入れられるようなことではなかった。

「もう、いいかな？」

それ以上、なにをきけばいいのか分からなくなり、頷《うなず》いて冬夜の手に鍵を返した。

「家まで送ろうか？」

「いいえ！」

突っぱねるように言ってから、七海は顔をそむけて声を小さくする。

「一人で帰れますから」

助手席のドアを開き、急いで車を降りた。

ドアを閉めようとした時、冬夜が思い出したように口を開く。

「人魚は関《かか》わる者に不幸をもたらすと言われている。あの人にもそう、伝えておいてよ」

七海を介《かい》して、千歳に関わるなと警告しているのだ。

返事をせず、後ろに下がる。

車が駐車場を出ていった後も、その場に佇《たたず》んだまましばらく動けなかった。

あれが、人魚……。

本当に、本当だろうか？

しかも、あの子を人が食べるなんて。

込み上げてきた嫌悪感《けんおかん》に、七海は自分の口もとを押さえる。

そんなこと、信じられない。もちろん、冬夜が真実を話してくれているとは思わない方がいい。ただ、まったくのでまかせを言う理由もないように思えた。

寒々とした風に、体の芯《しん》まで冷え込むようだった。

手にしていた紙コップのココアも温《ぬる》くなってしまっている。

もし、冬夜の言うことが本当だとしたら、とてもではないが看過できない。

そんな残酷《ざんこく》なこと……許されるはずがない。

二

店の表玄関《おもてげんかん》に入ると、招き猫《ねこ》の置物に紛《まぎ》れてちょこんと座っていた雪平が、「お帰り」と言うように鳴いて歩み寄ってきた。

「雪平、猫乃木さんは？」

そう尋ねると、雪平は首を傾《かし》げる。

通り庭を抜《ぬ》けて上がり口から上がると、その足を居間へと向けた。

「猫乃木さん？」

声をかけながら襖《ふすま》を開いた七海は、啞然《あぜん》としてバッグを落とす。

「うそ……」

茶簞笥《ちゃだんす》の引き出しは引っ張り出されており、押し入れの襖も開いていた。しまっておいたはずの夏物の座布団《ざぶとん》や衣類が、畳《たたみ》一面に散乱している。その周りで、猫たちが転げまわって遊んでいた。

「猫乃木さん？」

廊下《ろうか》に出て大きな声で呼んでみたが返事はない。

台所のガラス戸を恐《おそ》る恐る開いて中を覗《のぞ》くと、やはり棚《たな》という棚が開いており、中を漁った痕跡《こんせき》があった。

千歳が留守の間に泥棒《どろぼう》にでも入られたのだろうか？

「どうしよう」

千歳は時々、玄関《げんかん》の鍵を閉め忘れたまま出かけてしまう。物の怪に対しては用心するが、人間に対しては警戒感《けいかいかん》をあまり持たないところがあるのだ。

他《ほか》の部屋も被害《ひがい》に遭《あ》っているかもしれないと思い、七海は雪平を連れて台所を出た。

廊下の奥の掃除《そうじ》道具入れや、階段下の物入れもやはり漁られているようだった。箒《ほうき》やちりとり、ストックしておいた日用品が床《ゆか》に点々と落ちている。

二階からゴトッと物音が聞こえたので、硬直《こうちょく》して雪平と顔を見合わせた。

「まだ、泥棒がいるんじゃ……」

雪平はミャーと鳴き声を上げた。

動揺《どうよう》している場合ではない。千歳がいないのであれば、留守の間に家を守るのは自分の役目だ。七海は落ちていた箒を拾い上げ、できるだけ物音を立てないように階段を上がる。

雪平も後をついてくるので心強かった。

物の怪にも勇敢《ゆうかん》に飛びかかっていく猫だ。泥棒が相手でも臆《おく》することはないだろう。

「雪平、いくよ」

七海は小声で言い、箒を両手で握《にぎ》り締《し》める。

千歳が普段寝室《ふだんしんしつ》として使っている部屋の方から、騒々《そうぞう》しい物音が聞こえてくる。

忍《しの》び足で近づき、七海は雪平と視線を交《か》わしてから襖に手をかけた。

軽く息を吐《は》いてから、えいっと思い切って開く。そして……。

「どろぼーっ!!」

声を上げながら、威勢《いせい》よく箒を振《ふ》り上げて飛び込んだ。

それより早く駆《か》け込んだ雪平が、甘えた鳴き声を上げながら飛びかかる。

えっと思った拍子《ひょうし》に、七海は畳の上に散乱していた着物に足を取られ、勢い余ってひっくり返った。

「こら、雪平。邪魔《じゃま》をするな」

衣服の山がモゾッと動く。

雪平を片腕《かたうで》に抱《かか》えて立ち上がった相手を、腰《こし》の痛みを堪《こら》えながら見上げた。

「猫乃木さん！」

「七海さん、お帰りなさい」

千歳がいつも通りのにこやかな微笑《ほほえ》みを浮かべる。

（じゃあ、居間や台所も猫乃木さんが？）

七海は勘違《かんちが》いに気づいて、カアッと頬《ほお》を赤らめた。

急いで正座し直し、「ごめんなさい！」と頭を下げると、千歳が目を丸くする。

「どうしたんです？」

「私、猫乃木さんを泥棒と間違《まちが》えてしまって」

手にしていた箒を後ろに隠《かく》し、七海は身を小さくした。

家主の千歳をぶっ叩《たた》こうとしたなどとはさすがに白状できない。

「ああ、これ。ちょっと、さがし物をしていたから」

千歳は散らかっている着物を手に取る。

足の踏《ふ》み場もないほど着物や服、それに寝具《しんぐ》や毛布類が広げてあった。

「なにをさがしていたんですか？」

「礼服です。どこかにしまったはずなんだけど」

「あっ、それなら」

先日、居間の押し入れを掃除した時に、衣装ケースの中に丸めて押し込まれていたので、クリーニングに出しておいたのだ。脱《ぬ》いだまま放《ほう》り込んだらしく、皺《しわ》になっていた。

「ごめんなさい、一言きいてから出せばよかったですね」

「七海さん、すごいですね」

千歳がいたく感心したような顔をして見つめてくる。

「どうしてですか？」

「予知能力でもあるのかと思って。ちょうど、クリーニングに出そうと思っていたんですよ。

今度、着ないといけなくなったから」

（猫乃木さんが、礼服なんて珍《めずら》しいな）

千歳は普段《ふだん》、着物か浴衣《ゆかた》で生活をしている。外出する時にはラフな服装だが、礼服で出かけたところなど一度も見たことがなかった。

「どこかにお出かけ、ですか？」

「さっき、健吾から連絡《れんらく》がありました」

「なにか分かったんですか？」

七海は思わず身を乗り出して尋《たず》ねる。

「来週、狐賀家でパーティーが開かれるようなんです」

健吾の話では、表向きは慈善《じぜん》パーティーということになっているが、裏では物《もの》の怪《け》の密売がおこなわれているらしい。

「猫乃木さん、あの子が人魚だというのは本当なのでしょうか？」

「どうして、そう思ったんです？」

「狐賀さんに……」

声を落とすと、千歳の表情がわずかに険しくなる。

「無茶《むちゃ》をしないようにと言ったのに」

「ちゃんと用心はしていましたよ。大学の中で話をしただけですから！」

千歳や健吾にばかり任せていて、自分一人なにもしないでいるなんてできなかった。できることを考えた末に、やはり狐賀冬夜に直談判《じかだんぱん》することしか思いつかなかったのだ。

「ごめんなさい。それほど大したことは聞けなかったんです。ただ、狐賀さんは人魚は人が食べるのだと……そう言っていて」

「人魚の肉は不老不死の妙薬《みょうやく》になるという話ですからね」

「やっぱり、そう、なんですか？」

七海は、思案するように顎《あご》に手をやっている千歳の顔を見る。

「人がそう信じているというだけで、本当のところは俺にも分かりません。ただ、人魚の肉を食べたものが相当に長生きしたという噂《うわさ》は聞いたことがあります。それだけでも、人には喉《のど》から手が出るほど欲しい代物《しろもの》なんでしょう」

「猫乃木さんも犬塚さんも、分かっていたんですか？　人魚だって……」

それならそうと、最初に教えて欲しかった。

「確信があったわけじゃないんです。そうじゃないかと思ったくらいで。狐賀が人魚を入手したという話は耳に入っていたから」

「狐賀さんのお家《うち》のパーティーにいけば、あの子を助けてあげることができるでしょうか？」

千歳は袖《そで》に手をしまい、わずかに眉根《まゆね》を寄せる。

「どうかな。せめて、狐賀があれを誰《だれ》に売るつもりなのか、それだけでも分かればなんとか対処のしようもあるのですが」

「私も連れていってもらえませんか？　猫乃木さんや犬塚さんの邪魔はしませんから」

表向きは慈善パーティーということだが、なにがあるか分からないのは承知している。

「そう言い出すんじゃないかと思っていました」

千歳は懐《ふところ》から封筒《ふうとう》を二通取り出す。その一つを七海に渡《わた》した。

中を確かめるとパーティーの招待状だ。

「どうやって、これを？」

まさか、冬夜が送って寄こしたとも思えない。

「うちの本家宛《あて》に送られてきたものを拝借しました。正直、あの家の名前で入るのは不本意なんですけどね」

本家というのは猫神の家のことだ。祖母の生家でもある。千歳はその本家とあまり仲がよくないようだ。狐賀の家と猫神の家とは、どうやら商売上のつながりがあるらしい。

「そのかわり、俺のそばを離《はな》れないこと。約束してくれますか？」

「はい！」

しっかりと頷《うなず》いて答えると、千歳がふっと顔を綻《ほころ》ばせた。

その週の日曜、七海は着慣れない振り袖姿で狐賀家の別荘《べっそう》に向かった。裾《すそ》や袖が引っかからないよう気をつけながら、タクシーを降りる。

午後七時を過ぎているために、もう日は落ちていた。

門は開放され、幾《いく》台もの高級車が滑《すべ》り込むように中へと入っていく。砂利《じゃり》と芝生《しばふ》の敷《し》かれた広い庭の先に見えるのは、白い外壁《がいへき》の洋館だ。窓からもれる煌《きら》びやかな明かりが屋敷《やしき》の姿を浮《う》かび上がらせている。

「すごい、お家だなあ」

七海は門柱の陰《かげ》で、緊張《きんちょう》気味に縮緬《ちりめん》の巾着《きんちゃく》を握り締めた。

千歳は健吾と事前に会う約束があるというので、この山荘《さんそう》で落ち合うことになっている。

巾着の中から預かっている招待状を取り出し、自分の格好をもう一度確かめた。

白地に赤やオレンジの菊花《きっか》を散らした落ち着いた柄《がら》の振り袖だ。帯の緩《ゆる》みもないし、襟《えり》まわりも裾もおかしなところはない。苦心して結《ゆ》った髪《かみ》には、着物に合わせた菊《きく》の簪《かんざし》をさした。

（ちょっと、帯……きつく締めすぎたかな）

途中《とちゅう》で緩まないようにと思ったが、気合いを入れ過ぎたらしい。多少、呼吸がしづらい。

不意に背後から肩《かた》を叩かれ、七海は飛び上がるほど驚《おどろ》いた。

「なにをしている？」

「犬塚さん！」

七海は胸《むね》もとを押さえ、ほっと息を吐《は》く。

「中に入らないのか？」

「はい、これから。犬塚さんは？」

健吾の格好は、客というより門や玄関《げんかん》前で待機している警備員と同じ黒のスーツ姿だ。

いつもの警官の制服姿に見慣れているので新鮮《しんせん》に思える。

「俺は屋敷の警護だ。今日は人だけではなく、物の怪も集まっているからな」

客たちはパーティーよりも裏でおこなわれる取引が目的なのだろう。健吾は屋敷の方に視線を移して、眉間《みけん》に皺を寄せた。

「卯月、君も用心しろよ」

千歳はすでに着いていると聞いて、七海は健吾に礼を言ってから急ぎ気味に正面玄関へと向かった。

受付で招待状を渡してエントランスホールに通された七海は、人の多さにびっくりする。

男性は黒の礼服か着物姿がほとんどだが、女性はみな華《はな》やかにドレスアップしていた。萎縮《いしゅく》して立ち止まっていると、肩がぶつかる。

慌《あわ》てて謝ってから顔を上げると、礼服姿の目の細い青年が七海を見返した。

「ごめんなさい」

人ではない……。

ホールのそこかしこに妖気《ようき》とも言える淀《よど》んだ気配を感じた。行き交《か》うのは人間だけではないのだ。物の怪も紛《まぎ》れている。人の姿をとっているものがほとんどなので、そうと気づかれていないのか、それとも気づいていても素知らぬ顔をしているのか。そもそも、人間の目に見えているのかどうかすら、混雑した状況《じょうきょう》でははっきりと分からない。

「君は一人できているの？」

「いえ……」

声をかけられ、思わず身を退《ひ》く。

「七海さん」

千歳が急ぎ足で歩み寄ってくるのが見え、七海は密《ひそ》かに安堵《あんど》した。

「なんだ、連れと一緒《いっしょ》か」

青年はつまらなそうに呟《つぶや》いて、それ以上関心を寄せることなく立ち去っていった。

「猫乃木さん」

駆《か》け寄ろうとしたが、慣れない草履《ぞうり》につっかかってよろめく。転げなかったのは千歳が両手を出して支えてくれたからだ。

「よかった。なかなか、見つけられなくて……大丈夫《だいじょうぶ》ですか?」

「はい」

七海は緊張し切った声で返事をした。

黒い礼服を着た千歳はいつもと違《ちが》って見えてしまい、視線をどこに合わせていいのかとまどってしまう。

「その、振《ふ》り袖……」

「おかしくないでしょうか?」

着物姿の女性もいるので、それほど浮いてはいないはずだ。だが、千歳がそれきり黙《だま》ってしまったので、不安《ふあん》にかられて視線を上げた。

「お人形……みたいで」

千歳は顔をそらすと、片手を口もとに運んだ。

(子供っぽかったのかな。私、猫乃木さんに恥《は》ずかしい思いをさせたんじゃ!)

こんなことなら、せめてフォーマルドレスを着用すべきだった。目一杯《めいっぱい》ヒールのある靴《くつ》をはけば、身長のある千歳とも多少は釣《つ》り合いがとれただろうに。

「ともかく、いきましょう。二階が会場のようですから」

千歳に手を取られ、躓《つまず》かないように気をつけながら階段を上がっていく。

落ち着かないのは、お互《たが》いの手の温度がいつもより少し高いせいだろう。


二階の大広間の扉《とびら》をくぐると、眩《まぶ》しいくらいにシャンデリアの明かりが輝《かがや》いていた。すでにパーティーは始まっているらしく、屏風《びょうぶ》のおかれたステージの上では、国会議員や、大企業《だいきぎょう》の会長などが代わる代わる登場して畏《かしこ》まった口上を述べている。

拍手《はくしゅ》や談笑《だんしょう》の声の中、千歳に手を引かれたまま中に足を踏《ふ》み入れた。

給仕係《きゅうじ》の女性が、七海と千歳にシャンパンを勧《すす》める。

千歳はグラスを受け取ったが、七海は未成年だと答えて断った。かわりに、女性はオレンジジュースのグラスを渡してくれる。

緊張とやけに暖房《だんぼう》の効いた室内のおかげで、かなり喉《のど》が渇《かわ》いていたらしい。冷えたジュースをコクコクと飲み干してしまった。それから、人でごった返している広い会場を見まわす。

（狐賀さん、いないな……）

狐賀家の当主だという和装姿の大柄《おおがら》な男性が、主賓《しゅひん》席に座っていた。だが、冬夜の姿は見当たらない。

「取引って、いつ始まるんでしょう？」

七海は千歳に顔を寄せ、辺りをはばかるように声をひそめた。

「もう、おこなわれているんだと思います」

千歳も声を抑《おさ》え、会場を出ていく数人の客を目で追う。

「別の場所でしょうか?」

「多分ね。健吾が調べているから任せておけばいい」

屋敷の警備を担当しているのは犬塚の家ということだ。そのため、健吾も警備に加わっていたのだろう。

狐賀家は独自に屋敷の警備をおこなうことにしていたようだが、それでは問題が起こった時に対処できないと、健吾が狐賀家にかけ合ったという話だ。どうやら、犬塚家の申し出なら、狐賀家は断れないらしい。

「犬塚さんのお家《うち》は、警備会社さんだったんですね」

健吾のお宅にはしばらく滞在《たいざい》させてもらったこともある。厳《いか》めしい顔立ちの屈強《くっきょう》そうな男の人たちが大勢出入りしていた。なんの仕事をしているのかと思ったが警備会社なら納得《なっとく》だ。

「警備会社?」

「違うんでしょうか?」

「いえ……そうですね、大して違いません。そんなようなものです」

「狐賀さんが、もうあの人魚を誰《だれ》かに売り渡《わた》してしまったということはないのでしょうか?」

そのことが気がかりで、七海はソワソワと周囲を見まわす。

売買がこの屋敷でおこなわれているということは、少女もどこかに捕《と》らわれているはずだ。

「まだ運び出されていないのは確かです。そうだとすれば健吾が気づく。それに、むしろ売り渡された方がこちらにとっては好都合だ」

「どうしてですか？」

七海は千歳の方に顔を戻《もど》してきいた。

「狐賀の手にあるうちは、俺も健吾も手が出せません。ただ、人間が相手ならどうとでもなる」

千歳はグラスのシャンパンを一口飲んでから、七海に笑《え》みを向ける。

「この中の誰が買い手なのか見つける。それが、今、俺たちにできることです」


——帰りたい……。

涙《なみだ》をこぼした少女の姿を思い返しながら、七海は化粧《けしよう》室の鏡を見つめる。捻《ひね》りっぱなしの蛇《じゃ》口《ぐち》が、水を無駄《むだ》に流し続けていた。

秘密《ひみつ》裏《り》におこなわれている取引だ。買い手は自分がなにを購入《こうにゅう》したかなど吹聴《ふいちょう》してまわることはない。まして、人魚は今回の取引の大きな目玉商品となっている。何人もの人間が狙《ねら》っているだろう。購入した人間が分かれば、危害を加えてでも奪《うば》おうとする者が現れかねない。
屋敷《やしき》の厳重な警備も、そんな不測の事態を防止するためなのだろう。
一見、和《なご》やかに見える会場だが、よくよく観察してみると、誰もがピリピリとしているように思えた。談笑の一方で誰がなにを手に入れたのか、探《さぐ》り合おうとしている。それは端《はた》で聞いていた七海にもよく分かった。
(せめて、居場所だけでも分からないかな)
七海は考え込みながら、蛇口を捻る。

『助け……て……』

化粧室を出ていこうとした時、微《かす》かに耳に届いた声に足が止まる。振り向いたが、いるのは自分一人だ。

『……て……助け……誰……か』

耳を澄《す》ませなければ聞き逃《のが》してしまいそうなほどの小さな声。どこから、聞こえてくるのかもはっきりしない。か細いその声の糸を辿《たど》るように、化粧室を見まわす。

(聞き間違《まちが》いじゃない)

「どこ？　どこにいるの？」


『………お願…………い……』


七海は化粧室を飛び出す。

入れ違いに入ろうとした女性が、「まあ！」と眉《まゆ》をひそめたが気にしてはいられなかった。

廊下《ろうか》に出ると客たちが雑談している。

ガヤガヤとした話し声に交じり、声はやはり聞こえてきた。ただ、他《ほか》の客たちの耳には届いていないようだ。

(どうしよう、猫乃木さんに……)

そばを離《はな》れないように言われている。かといって、広間に戻れば声は聞こえなくなるかもしれない。

シャンパングラスを運んでいた給仕係の女性を見つけ、呼び止めた。

「すみません、猫乃木千歳という方に、これを渡していただけませんか？　気分が悪くなったので、少々休んでいますからと」

千歳なら、なにかあったと気づいてくれるだろう。

女性は「承知しました」と快く答え、七海が差し出した白いレースのハンカチを受け取る。

礼を言い、七海は狭《せま》い螺《ら》旋《せん》階段を急ぎ足で下りていった。


絨毯《じゅうたん》の敷《し》かれた細い廊下を、ビクビクしながら進む。

地下に迷い込んだらしく、他に客の姿は見当たらなかった。

オレンジ色の光を帯びたランプが所々照らしているが、薄暗《うすぐら》くてかなり不気味だ。

「この先……」

途《と》切《ぎ》れ途切れに助けを求める声は聞こえていた。ドアに行き当たり、七海は手探りでノブをつかむ。慎重《しんちょう》にまわしてみると、パチッと痛みが走った。

(静電気？)

手を見れば、指先がわずかに切れている。

もう一度ノブをまわすと、ギッとドアが音を立てて開いた。

(鍵《かぎ》、かかってないのかな)

暗い部屋の中を覗《のぞ》くと、青白いライトの光が浮《う》かび上がっている。

中に身を滑《すべ》り込ませてドアを閉めた後、七海は中央におかれた大きな水槽《すいそう》に駆《か》け寄る。

室内のどこにも少女の姿はなく、水槽の底に横たわるのは目にしたことのない細長い胴《どう》をした魚だ。全身が七色に光る鱗《うろこ》におおわれ、羽衣《はごろも》のような白いエラが水中を漂《ただよ》っている。魅入《みい》られそうになるほど優美な姿だった。ただ、随分《ずいぶん》と弱っているのかほとんど動こうとしない。

『助け……て……』


微かなその声は確かに水槽の中から聞こえてくる。

七海は戸惑《とまど》いながら、水槽のガラスに手を触《ふ》れた。

「あなた、なの？」

呼びかけると、魚が頭を動かした。

少女と同じ真珠《しんじゅ》のように真っ白な瞳《ひとみ》が、七海の気配を捉《とら》える。怯《おび》えているのか、身を隠《かく》す場所をさがすように水槽の端で小さくなった。

これが人魚の姿なのだろうか？

水族館で見た少女は、この魚の化生《けしょう》だったのだろうか？

「私のこと分かる？　水族館で会ったでしょう？」

声をかけると、魚が恐《おそ》る恐るのようにガラス越《ご》しにすり寄ってきた。

（やっぱりそうなんだ。猫乃木さんと犬塚さんに早く知らせないと）

七海が引き返そうとした時、部屋の扉《とびら》が開く。

蛍光灯《けいこうとう》の強すぎる光が部屋の中に広がり、眩《まぶ》しさに目が眩《くら》んだ。

「狐賀の封印《ふういん》はそう易々《やすやす》と破れるようなものじゃないんだけどね……だから、君は侮《あなど》れない」

部屋に姿を見せた狐賀冬夜が、メガネの縁《ふち》を指で持ち上げながら微かなため息を吐《つ》く。千歳や他の男性客と同じく黒の礼服姿だ。

「なんだ、この小娘《こむすめ》は。どこから紛《まぎ》れこんだ？　セキュリティは万全《ばんぜん》ではなかったのか⁉」

冬夜の後に続いて入ってきた初老の男性客が、室内にいた七海を不審《ふしん》そうに睨《にら》みつける。

「彼女は猫神家の親戚《しんせき》筋のご令嬢《れいじょう》ですよ」

冬夜が七海のことをそう紹介《しょうかい》すると、男性客は「ほお！」と目を瞠《みは》った。

「猫神の者は滅多《めった》に表の世界には出ないと聞いていたが……これは実に珍《めずら》しい。なにか用かな？　お嬢《じょう》さん。いかんよ、勝手に入っちゃあ。人魚はわしのものになると決まっているのだからな」

（この人が猫乃木さんの言っていた買い手なの？）

七海は眉をひそめ、男性客の顔をさぐるように見た。

「人魚の歌声に誘《さそ》い出されたのでしょう。あれの声は人を惑《まど》わせるというから」

冬夜が目を眇《すが》めてそう言うと、男性客は含《ふく》み笑いをもらした。

「魔性《ましょう》の美しさに魅入られるのは当然のことよ。惜《お》しいことだ。このまま観賞用に生かしておきたいところだが」

「どのように扱《あつか》うかはご随意《ずいい》に。ですが、まずは契約《けいやく》書にサインを」

冬夜は男性の肩《かた》に手をかけると、さりげなくドアの方へと誘導《ゆうどう》する。

「そのようなことは秘書に任せておけばよいものを」

「ご本人による署名が原則ですから。お手を煩《わずら》わせて申し訳ありません」

慇懃《いんぎん》な態度を崩《くず》さないまま、男を部屋の外へと押し出した。

室内に残った冬夜がパタンと扉を閉める。そして、身をかたくしている七海のもとへ、ゆっくりとした足取りで歩み寄ってきた。

「忘れた方が君のためだと忠告したのに」

七海は息を呑《の》み、汗《あせ》ばんだ手を密《ひそ》かに握《にぎ》った。

無意識に後退《あとずさ》りすると、背中が水槽のガラスに触れる。

「どうやら、君にはお仕置きが必要のようだね」

冬夜が手を伸《の》ばしてきたので、反射的に身をすくめた。

背後の水槽の水が勢いよく跳《は》ねたのはその時だ。七海はしぶきが軽くかかった程度だったが、冬夜は思い切り水をひっかけられたらしい。メガネの縁から滴《しずく》が垂れていた。

七海は首を捻《ひね》り、背後の水槽に目をやる。先ほどまでぐったりとしていた魚が、尾《お》ひれをしきりに動かして狭い水槽の中で身をくねらせていた。

（もしかして、助けようとしてくれたの？）

「死に損《ぞこ》ないのくせに、まだそんな力が残っていたのか」

忌《い》ま忌ましそうに吐き捨てると、冬夜はメガネを外して上着のポケットに押し込む。そして、七海の手首を乱暴につかんだ。

「放して……放してください」

容赦《ようしゃ》のない力を込められ、痛みを覚える。

「悪いけど、君を帰すわけにはいかなくなった」

冬夜は抵抗《ていこう》する七海を引きずって部屋から連れ出した。


「痛いっ、狐賀さん、待って！」

何度も訴《うった》えているのに、冬夜はまるで聞いてくれない。

三階まではさすがに客は上がってこないのだろう。

階下の賑《にぎ》やかな声が微《かす》かに聞こえてくる以外は、静かだった。使用人らしき人の姿もない。

奥まった部屋の前までくると、冬夜はドアを開いて七海をその中に押し込む。

ドアの閉まる音に肩がビクッと震《ふる》えた。表情を強《こわ》ばらせて部屋の中に視線をやると、寝室《しんしつ》のようだった。大きなベッドが部屋を占領《せんりょう》している。

「しばらく、ここで大人しくしておいてもらうよ、七海ちゃん」

寝台まで引きずられ、突《つ》き飛ばされた。

スプリングの効いたマットレスが、七海の体を受け止める。

冬夜は脇《わき》の台に手を伸ばし、スタンドの紐《ひも》を引っ張って電気を点《つ》ける。暗い室内にぼんやりと明かりが灯《とも》り、怯えた表情の七海と、それを見下ろす冬夜の顔とを照らし出した。

七海はシーツをつかみ、枕《まくら》の方へと後退りして逃《に》げる。

逃げ場をさがして視線をさまよわせている間に、ベッドにのってきた冬夜に腕《うで》を取られ、押さえ込まれた。

「こんな乱暴するなら……悲鳴を上げますから！」

声が情けないほど震えてしまう。

「三階はプライベートフロアだ。客たちが上がってくることはない。それに、君が叫《さけ》んだところで聞こえるはずもない」

冬夜は七海を押さえつけている片手をはなすと、ベッドに横たわる七海を一度眺《なが》めてからその帯に目を留める。

「狐賀さん、なにを……」

冬夜の手が帯紐にかかった。

「やっ……やめっ！」

暴れようとしたが、冬夜はさすがに男だ。本気で押さえつけられては、押し退《の》けることができない。

「女の子を縛《しば》るってのも、嫌《きら》いじゃないんだよね」

「やだっ、やめて、狐賀さん！」

七海は枕に顔を押しつけ、泣きそうになるのを堪《こら》えた。

「猫……木……さ……ん」

思わずその名を口にすると、冬夜が七海の肩にトンと額を預ける。微かに笑っているのが分かった。

「君はよくよく人を煽《あお》るのが好きだね」

七海は唇《くちびる》を引き結ぶ。冬夜に顔を見せるのはいやだった。

「まあ、いいさ。心配しなくても、用がすめば帰してあげるよ。ただ、しばらくはこのままで我《が》慢《まん》してもらうけどね」

「どうして……こんなこと」

七海は冬夜に背を向けたまま、震える声できく。

「取引が無事に終わるまでは、あの人に邪魔《じゃま》をされたくはないんだよ」

「人魚のことです！　狐賀さんは、残酷《ざんこく》だとは思わないんですか⁉」

七海は上体をわずかに起こし、顔を向ける。見下ろした冬夜の顔がすぐ間近にあった。

「君が首を突っ込むようなことじゃないよ」

「あの子は帰りたいと、そう言ったんです！」

「それで同情して、こんな場所までやってきたというわけか。君は本当にお人好《ひとよ》しだね」

冬夜は呆《あき》れたように笑う。

「いけませんか……」

「君が人ではないもののために、そこまで必死になる理由が分からないよ。人と物《もの》の怪《け》は、しょせんまったく違《ちが》うものだ。そうだろう？」

「なにが違うのか、私には分かりません。人とは違う姿をしているから？　だから、物のように売り買いしていいなんて思わない！」

「しょせんは、心を持たないものだ。君は偽《いつわ》りの心に惑わされているだけだよ」

「そんなこと……」

「あの人魚だって同じだよ。逃げるために、生き延びるために、たまたま姿を見ることができた君の前で泣いてみせただけ。君はまんまとそれにだまされたというわけだ」

「偽物《にせもの》の……涙《なみだ》だったというの？」

「人とは違うんだよ、七海ちゃん。物の怪は物の怪だ。君のように、本当に泣くことなんてできやしない」

気づけばこぼれ落ちていた涙を、冬夜の指がすくい取る。七海は咄嗟《とっさ》に顔をそむけた。

「狐賀さんは嘘《うそ》つきです。信じません！」

人ではなかったとしても、自分はその優《やさ》しさに救われたのだ。

家に帰れば、いつも当たり前のように「おかえりなさい」と言って迎《むか》えてくれる、『あの人』の笑顔《えがお》に救われたのだ。

「君が哀《あわ》れだよ。情など寄せても仕方がないのに」

冬夜の指が頰《ほお》を滑《すべ》り、唇をなぞる。

「狐賀さんだって、本当は……っ！」

「七海さん！」

ドアを叩《たた》く音がして、七海はハッとする。

口が塞《ふさ》がれて呻《うめ》くような声しか出ない。

必死に伸ばした手が、スタンドをなぎ倒《たお》す。足でシーツを蹴《け》りながら、七海は口を押さえている冬夜の手をつかんだ。

目の端《はし》からこぼれた涙が枕を濡《ぬ》らす。

ノブをまわす音に続いて、ドアの隙間《すきま》からスルリと紙切れが忍《しの》び込む。

（ヒトシ……君？）

家によく現れる紙切れ人形だ。それが鍵《かぎ》を内側から外すと、ドアが勢いよく開いて千歳が飛び込んできた。

「せっかく、人が楽しんでいるところだというのに無粋《ぶすい》だね、あんたも」

冬夜が七海の口を押さえたまま、千歳の方に顔を向ける。その唇に挑発《ちょうはつ》的な笑みがこぼれた。

ベッドの上で七海を押さえつけている冬夜の姿を目にした途端《とたん》に、千歳の瞳《ひとみ》がはっきりとした金色に変わる。

殺気を含《ふく》んだ鋭《するど》い瞳で冬夜を見据《みす》えたまま、千歳は歩み寄ってきた。その足もとに青白い炎《ほのお》が揺《ゆ》らめき、瞬《また》く間に絨毯《じゅうたん》に焦《こ》げ跡《あと》をつくる。

「七海から、離《はな》れろ」

静かに命じた千歳の声はいつもよりも低い。

一度も呼び捨てなどされたことのない七海は、戸惑《とまど》いを覚えて千歳の顔を見た。

「いやだ、と言ったら？」

返事のかわりに、千歳は無造作に片手を払《はら》う。

一瞬《いっしゅん》にして、部屋のガラス戸が粉々に砕《くだ》け散った。

夜風が舞《ま》い込み、カーテンをはためかせる。

冬夜が七海を片手で抱《だ》き起こしながら、後退《あとずさ》りする。

「狐……賀……さん、はなして……っ！」

震える声で訴えたが聞き入れられなかった。

ベッドから引きずり下ろされ、小さく悲鳴を上げた。

七海をしっかり引き寄せた冬夜は、バルコニーの方へと後退りする。紅《くれない》の色に染まるその瞳は、千歳を見据えたままだ。

冬夜が軽く拳《こぶし》を握《にぎ》り締《し》めながら口の中でなにかを唱えると、散乱していたガラス片《へん》が浮《う》き上がる。

そのガラス片が襲《おそ》いかかるのもかまわず、千歳は足を踏《ふ》み出した。一気に距離《きょり》を詰《つ》め、冬夜の喉《のど》を手で捕《と》らえる。

「あんたはいつも……俺の欲しいものばかりを奪《うば》っていく。いつも……いつもっ！」

冬夜は吐《は》き捨ててギリッと歯軋《はぎし》りする。憎悪《ぞうお》を宿した瞳が千歳を睨《にら》みつけた。

「だから、たまにはあんたから奪ってやってもいいだろう⁉」

「勘違《かんちが》いしない方がいい。七海さんは俺のものじゃない。俺から奪えるものなど、なに一つない……彼女に手を出すなら、相応の報《むく》いを受けるということをその身に刻むんですね」

千歳の爪《つめ》が喉に食い込み、流れ落ちた血が冬夜のシャツの襟《えり》を赤く染めた。

「猫乃木さん！」

七海が声を上げたが、千歳には聞こえていない。

夜の闇《やみ》に輝《かがや》く金色の月に似た瞳は、静かな怒《いか》りをたたえたまま冬夜を見下ろしていた。

背筋がゾクッと震《ふる》える。

違う、こんなのは千歳ではない。自分の知る千歳ではない。

「猫乃……木さん……やめて。もう、やめてください！」

無我夢中で、千歳の腕にしがみついていた。だが、強い力で突《つ》き飛ばされて、ガラスの散乱している絨毯の上に倒れ込む。

ハッとしたように、千歳がようやく七海を見る。

「七……」

伸《の》ばされた手を、「いやっ！」と反射的に振《ふ》り払った。

痛む手のひらを、震える片手で押さえる。散乱していたガラスで切ったのだろう。流れ落ちる血が止まらない。

それを目にした千歳は、どうしていいのか分からなくなったように動かなかった。

声を押し殺しながら笑ったのは冬夜だ。

「だから、君はお人好しだというんだよ」

そう言うと、冬夜は千歳を突き飛ばして身を起こす。その手が、七海の腕《うで》を乱暴につかんだ。

引きずられるように立ち上がった七海は、抵抗《ていこう》する間もなくバルコニーに連れ出される。

「狐賀さん！」

七海は押し退《の》けようとしたが、逆に背後から抱きすくめられた。

「本気で欲しくなった。だから、いつか必ずあの人から君を奪ってみせる」

耳元で囁《ささや》かれた冬夜の甘い声に、千歳の「七海さん！」と呼ぶ声が重なる。

突き飛ばされ、そのまま力が抜《ぬ》けたようにペタリと座り込んだ。

冬夜は手すりを乗り越《こ》えて、隣《となり》の部屋のベランダへと飛び移る。そして、七海と千歳を一度見てから笑みをもらした。そのまま、悠然《ゆうぜん》とガラス戸を開いて部屋の中に姿を消す。

駆《か》け寄ってきた千歳が、七海の前に膝《ひざ》を落とした。

「七海さん……」

呼ばれてもすぐには返事ができなかった。

千歳が伸ばしかけた手を、躊躇《ちゅうちょ》したように下ろす。

「……大丈夫《だいじょうぶ》、ですか？」

気づかうような声に、なんとか頷《うなず》いた。

泣いてはだめだ。こんなことで……。

そう思うのに頭が混乱してしまい、どうしようもなく涙がこぼれ落ちている。

「手、見せてください」

そう言われて、七海は目一杯《めいっぱい》自分の手を握り締めていたことに気づいた。だが、指を開こうとしてもかたまったように動かない。

千歳の手が、慎重《しんちょう》に七海の指を開いていく。

赤く染まった手のひらを見て、千歳は険しい表情を浮かべた。

無言のまま、上着の胸ポケットに折りたたまれていたハンカチを取り出す。不器用な手つきでハンカチを巻いてくれる様子を、七海は半ば放心状態のまま見守った。

手を振り払った時の、千歳の傷ついたような表情が目に焼きついている。

謝らなければと思うのに、言葉が出なかった。

千歳は七海と目を合わせないまま立ち上がり、「健吾を呼んできます」とだけ言い残して部屋へと引き返す。

「待って……猫乃木さん」

小さな声で呼び止めたが、千歳には届かない。

座り込んだまま、七海はハンカチの巻かれた手をもう片方の手で包み込む。

手を振り払ったのは自分なのに、いまは一人にして欲しくなかった。

しばらく待っても、千歳が戻《もど》ってくる気配はない。

七海は濡れた頬を拭《ぬぐ》い、足に力を込めて立ち上がった。いつまでもバルコニーに座り込んでいるわけにもいかない。

ふらつきながら部屋に戻る。帯も解《ほど》けて、着物がはだけてしまっていた。それにかまう気力もなく部屋を通り抜けてドアへと向かう。

廊下《ろうか》に出ると、健吾が駆けつけてくるところだった。

「卯月！」

「犬塚さん……」

七海は慌《あわ》てて、着物の前を引き寄せた。下に白い襦袢《じゅばん》を着ているとはいえ、とてもではないが人前に出られるような格好ではない。七海の姿に目をとめた健吾が眉《まゆ》をひそめた。

「なにがあったんだ？」

七海は答えられず、ただ首を横に振った。

「猫乃木……さんは？」

「千歳なら人魚を追って先に屋敷《やしき》を出た。すまん、買い手の男の素性《すじょう》を突き止めるのに手間取った」

人魚も運び出された後だったようだ。そう思うと、七海を部屋に閉じ込めていたのも、千歳や健吾の目をそらすためだったのかもしれない。

結局、また冬夜にうまく利用されてしまったということなのだろう。

「猫乃木さんがどこに向かったのか、私にも教えてください」

「俺は千歳から、君を送り届けるように言われている。俺もすぐに千歳の後を追う」

冬夜と千歳が、また顔を合わせるようなことになれば、お互《たが》いに自制がきかないかもしれない。千歳と冬夜の間にある因縁《いんねん》は、商売上のことだけではないのだ。

二人の確執《かくしつ》の深さを自分は少しも理解していなかったのだろう。

「お願いです、犬塚さん」

七海は真剣《しんけん》な表情で健吾の袖《そで》をつかんだ。


健吾が調べたところによれば、人魚を手に入れたのは渡利正蔵《わたりしょうぞう》という男だ。新興宗教団体の教祖という話だが、裏ではかなり阿漕《あこぎ》な金儲《かねもう》けに手を染めているという。

郊外《こうがい》にあるこの十五階建てのビルも、教団所有の宗教施設《しせつ》だ。その最上階の部屋に通された千歳が目にしたのは、水槽《すいそう》の底に横たわったまま動かない七色の鱗《うろこ》をした深海魚だった。狐賀家の別荘《べっそう》から運び出されたばかりなのだろう。

渡利は青白いライトに照らされた小型の水槽を覗《のぞ》き込みながら、宝石で飾《かざ》った太い手で慈《いつく》しむようにガラス面をなでる。

その様子を、千歳は黒い革張《かわば》りのソファーに腰《こし》を下ろしたまま、冷ややかな目で眺《なが》めていた。

「まさしく海の至宝よ。これがわしに永遠の命と若さを与《あた》えてくれると思えば、百五十億など安いものだ。そうは思わんかね？」

「さあ、どうでしょうね」

千歳はさほど興味がなさそうに、首を傾《かし》げて答える。

渡利は「ふんっ！」とつまらなそうに鼻を鳴らした。

「君らのように人とは別の時間を生きる者には理解できんか。まあいい。それで、魔除《まよ》け屋の君がわしになんの用かね？」

「その人魚を、譲《ゆず》っていただけないかと」

穏《おだ》やかな態度を崩《くず》さないまま言うと、渡利の眉がピクリと動いた。

「なんだと？」

「その人魚を、譲ってくださいとお願いしているのです」

「話にもならん。なぜ、わしがようやく手に入れた人魚を譲らねばならん。誰《だれ》に頼《たの》まれてやってきたのかは知らんが、どれほど金を積まれようとも、この人魚は断じて譲らんぞ。これはわしのものだ！」

渡利は水槽を守るように両腕《りょううで》で抱《かか》え込み、千歳を威嚇《いかく》するように睨《にら》む。怯《おび》えたように深海魚が身じろぎすると、すぐに顔を戻して相好を崩した。

「おお、よしよし。案ずることはないぞ。お前は誰にも渡《わた》すものか。剝製《はくせい》にして永遠にその美しい姿を止《とど》めておいてやろう」

声色《こわいろ》を変えて話しかけている渡利から、千歳はわずかに視線をそらした。

「用がすんだのなら、さっさと帰れ。君が猫神の血筋の者だというからわざわざ会ってやったというのに……くだらんことで時間をとらせおって！」

「そうですか。仕方ありませんね」

残念そうにため息を吐《つ》くと、千歳はソファーから立ち上がる。

足をドアの方に向けてから、「ああ、そうだ」と思い出したように呟《つぶや》いた。

「一つ忠告をしておきますが、人魚の肉は鵺《ぬえ》の好物なんです。注意した方がいいですよ」

微笑《ほほえ》みを浮《う》かべた千歳の表情が、ゆっくりと室内を侵食《しんしょく》する闇《やみ》に呑《の》まれる。

忍《しの》び寄る魔《ま》の気配に、渡利は額に脂汗《あぶらあせ》をにじませ小さく喉《のど》を鳴らした。

「なんの……好物だと？」

「鵺ですよ。ああ、ほら……においを嗅《か》ぎつけて寄ってきた」

「馬鹿《ばか》な。そんなもの、いるはずが……」

笑い飛ばそうとした渡利は、自分の背後から忍び寄る唸《うな》り声に顔面蒼白《そうはく》となり、全身を硬《こう》直《ちょく》させる。恐《おそ》る恐る首を後ろに巡《めぐ》らせると、声にならない悲鳴を上げて腰を抜《ぬ》かした。

涎《よだれ》を垂らしつつゆっくりと歩み寄ってくるのは、毛におおわれた体と鋭《するど》い爪《つめ》を持つ足。虎《とら》のような風貌《ふうぼう》だが、その顔は狒々《ひひ》とも猿《さる》ともつかない顔つきの獣《けもの》だった。蛇《へび》のような尻尾《しっぽ》を持つ奇《き》っ怪《かい》な姿で、体長は二メートルを超《こ》している。

獲物《えもの》をさがすその紅《くれない》の双眸《そうぼう》が、渡利の姿をとらえた。

「ひっ……！」

逃《に》げようにも腰が立たないらしく、渡利の顔からは冷や汗がにじみ出していた。

「お取り込み中のようですし、あまり長居するとお邪魔《じゃま》になりますね」

立ち去ろうとする千歳の足に、渡利が必死の形相でしがみつく。

「待て、わしを助けろ！　お前は魔除け屋だろう。金ならいくらでも払《はら》ってやる」

「魔除け屋風情《ふぜい》の相手をしている暇《ひま》はないのでは？」

皮肉を込めてきくと、渡利は情けない表情になり、懇願《こんがん》する態度へと変えた。

「悪かった、謝る。謝るから、助けてくれ。頼む！」

「そうですね」

千歳はもったいぶって言いながら水槽に目をやる。

「その人魚、譲ってくれるというのなら」

「それはできん！　他《ほか》のものならなんでもくれてやる。だが、この人魚はわしのものだ！」

渡利は首を振《ふ》り、水槽の台にしがみついた。

「では仕方がない。あの鵺はご自分でどうにかしてください」

「こうなったら、今すぐにこいつを！」

水槽に突《つ》っ込んだ手が、狭《せま》い水槽を逃げ惑《まど》う深海魚をつかもうとする。水が跳《は》ね、絨毯《じゅうたん》を濡《ぬ》らした。

「それはやめておいた方がいい。人魚の肉は確かに不老不死の妙薬《みょうやく》になりますけど、強力な毒性がある。その毒を抜くために、十数年は塩漬《しおづ》けにしておかなければ食べられません。まして生で口にしようものなら、即死《そくし》しますよ」

突進《とっしん》してきた鵺に踏《ふ》みつけられ、渡利がいまにも死にそうな悲鳴を上げる。その足には深々と爪が食い込んでいた。

「人魚を食って不老不死になる前に、あなた自身が鵺の餌《えさ》になっていたらなんの意味もない。違《ちが》いますか？　渡利さん」

渡利は相当葛藤《かっとう》しているのか、歯軋《はぎし》りして唸る。

「分かった……人魚はくれてやる。くれてやるから、どうにかしろ！」

「その言葉、忘れないでください」

渡利の前に膝《ひざ》をつき、千歳は上着の内ポケットからお札を取り出した。床《ゆか》にできた血だまりに指を滑《すべ》らせると、すくい取ったその血でお札に文字をスルリと書く。

「早く……早く助けてくれ。もうだめだ。死ぬ！」

渡利が悲愴《ひそう》な声を上げて訴《うった》えてくる。その目は恐怖《きょうふ》と痛みで正気を失わんばかりだった。

「その程度では死にはしませんよ。大げさですね」

冷淡《れいたん》に言い捨てて立ち上がると、渡利にのしかかっている鵺の方に顔を向けた。

扇《おうぎ》のように広げたお札を投げると、稲光《いなびかり》のような青白い光が重い音を響《ひび》かせて室内に広がる。弾《はじ》き飛ばされた鵺は、怒《いか》り狂《くる》ったように唸り声を上げ、千歳に向かってきた。攻撃《こうげき》されたことで、渡利から標的を変えたのだろう。

床にばらまいたお札を足で円形に広げ、鵺が食《く》らいつこうと大口を開くと同時に後方へと飛《の》び退く。

お札でつくった円形の陣《じん》の中に鵺が飛び込むと、千歳は唇《くちびる》の端《はし》をわずかに上げた。

「魔縁《まえん》よりきたるものは、魔縁へ帰れ」

その声に呼応するようにお札が光を浮かべ、床に黒々とした渦《うず》が生じた。それは鵺の体を引きずり込み、闇の底へと呑み込んでいく。物《もの》の怪《け》の本来の住処《すみか》へと、帰していく。

遠のく咆吼《ほうこう》とともに漆黒《しっこく》の渦が徐々《じょじょ》に収束すると、お札が吹《ふ》き込んだ夜風に散った。

渡利は恐怖に顔を引きつらせたまま、千歳を凝視《ぎょうし》している。その口が『化け物』と動くのを見て、千歳は冷めたように表情を消した。

三

路肩《ろかた》に停《と》めた車の中で、七海は落ち着かずに何度も窓の外を確かめる。悪趣味《あくしゅみ》な金の看板のかかるビルが、住宅地のど真ん中に堂々と建てられていた。

千歳はいまごろ、渡利正蔵という男に会っているはずだ。

交渉《こうしょう》が長引いているのか、なかなか出てくる様子はない。気を揉《も》んでいると、運転席の健吾がバックミラー越《ご》しに視線を向けた。

「千歳が心配か？」

七海は正直に頷《うなず》いた。狐賀家の別荘《べっそう》で、部屋を出ていった時の千歳は明らかに冷静さを欠いていた。ビルの前に冬夜の車は見当たらないので鉢合《はちあ》わせする心配はないだろうが、それでも分からない。

様子を見に、中まで入ってみようかと何度か考えたものの、健吾には大人しく待っているからと約束をした。それに、自分がいったところで邪魔にしかならないだろう。

待つのが役目だ。そう、胸に言い聞かせながら曇《くも》ったガラスを手で拭《ぬぐ》う。

正面玄関《げんかん》の自動ドアが開き、ようやく千歳が姿を見せた。

いてもたってもいられず、七海は車のドアを開いて外に飛び出す。運転席の健吾もそれに続いて車を降りてきた。

「猫乃木さん！」

駆《か》け寄る七海を、千歳はふっと表情を和《やわ》らげて待っていてくれた。

「人魚は渡利氏が快く譲ってくれるそうです。心配いりません」

「無事なんでしょうか？」

「弱ってはいますが、外傷はないようですし、すぐに元気になりますよ」

「よかった、本当に……」

七海は安堵《あんど》して自分の両手を握《にぎ》り締《し》める。その手には千歳が巻いてくれたハンカチがしっかりと結ばれたままだ。

「猫乃木さんは？　猫乃木さんはどこも怪我《けが》はありませんか？」

心配して尋《たず》ねると、千歳は「ええ」と微笑んだ。それから、すぐに健吾の方に顔を向けた。

「鵺の件は片づきました」

千歳が報告すると、健吾は「そうか」とだけ答えた。

なんの話なのか分からず、七海は戸惑《とまど》うように二人の顔を見る。

「人魚……あれを海に帰すにしても、ここからはあまり近くない方がいいかもしれませんね」

「そうだな。深海に潜《もぐ》ってしまえば人には手が出せないだろうが。狐賀の関《かか》わっていることだ。用心に越したことはないだろう」

「七海さんの実家は、海の近くでしたね」

「はい。小さな町ですけど」

「それなら、そこにしてはどうでしょう？　七海さんも里帰りしたいと言っていましたし。お墓参りもかねて」

突然《とつぜん》の提案に、七海は戸惑って千歳を見上げる。

「本当に？　でもあの、京都からは随分《ずいぶん》と遠いですよ？」

「かまいませんよ。その方が好都合ですし。車なら健吾が出してくれます」

千歳が「ねえ？」と、横目で健吾を見る。

「俺は言ってないぞ」

「あれ、出してくれないんですか？」

「出せばいいんだろう。人魚の入った水槽《すいそう》を抱《かか》えて電車に乗られたら、それこそいらない騒動《そうどう》を引き起こしかねないからな」

不承不承引き受けると、健吾は「回収してくる」と、車から降りてきた数人の男を連れてビルの方へと向かう。

(猫乃木さんと家に……あの家に、帰れるんだ)

約束はしたが、こんなに早く叶《かな》うとは思わなかった。

七海が顔を綻《ほころ》ばせると、千歳が自分のコートを脱《ぬ》いだ。

温《ぬく》もりが残るコートに肩《かた》が包まれる。

「痛み……ますか？」

千歳がハンカチの巻かれた手に視線を落として尋ねる。

「これは私が悪かったので。それにそれほど痛くはないから平気です」

千歳がそっと七海の手を取る。そして、聞き取れないほど小さな声で「すみません」と謝った。

「猫乃木さん？」

「本当を言うと、今回の件は健吾からの依頼《いらい》でもあったんです。鵺《ぬえ》が現れたという報告があって……」

「鵺って、さっき犬塚さんに話していた？」

「狐賀が手に入れた人魚を狙《ねら》っていた物の怪です。俺の仕事のことだと思って言わなかった」

「猫乃木さんや犬塚さんのおかげで、あの子を助けられたんですから」

千歳の方が傷ついたように、痛みを堪《こら》えるような表情を覗《のぞ》かせる。

なにも気にしていないし、千歳が気にすることもない。

そう伝えたくて、七海は千歳を見上げて微笑《ほほえ》んだ。


久しぶりに海を見た気がした。

健吾の用意したバンに乗り、京都から片道六時間ほどの距離《きょり》にある故郷に戻《もど》ったのは、二日後のことだった。

生憎《あいにく》とそれほど天気はよくなく、海は怖《こわ》いくらいに黒々としていた。

押し寄せる波が、岸壁《がんぺき》を呑《の》み込んでは引いていく。

釣《つ》り人の姿も、サーファーなどの姿も見当たらない。空き缶《かん》やプラスチック容器が点々と浜《はま》に転がっているだけだ。

「ここでいいのか？」

健吾に抱《だ》きかかえられていた少女がコクッと頷いた。

浜に下ろされると、頼《たよ》りない足取りで海へと向かう。見えなくても、潮のにおいや足にかかる海水の冷たさは感じるのだろう。彼女は嬉《うれ》しそうに笑《え》みをこぼした。

海水をかき分けるようにしながら、深く、深く泳いでいく彼女の上に、波がおおいかぶさる。

あっと思った時には、淡《あわ》く光る七色の光を残して水底へと消えていた。

健吾や千歳の話では、人魚は数百年に一度、海面近くまで姿を見せるものの、すぐにまた潜り、眠《ねむ》りにつくという。だから、彼女と会うことはもう二度とないだろう。その方がいい。

人と交わることのない方がいいものもある。

そう思うと胸が痛んだ。

本当は、それが正しいあり方なのかもしれないと思うから。


健吾は翌朝から仕事があるため泊《と》まるわけにはいかず、七海と千歳を家の前まで送り届けると、一足先に京都へと引き返した。

久しぶりに戻った家は親しかった隣家《りんか》のおばさんが定期的に掃除《そうじ》をしてくれていたようで、

家を出た時とそれほど変わってはいなかった。それでも、住む人間のいない家というのは、どこか物寂《ものさび》しさが漂《ただよ》う。

雨戸を開くと、冷たい潮のにおいを含《ふく》む風が部屋の中に吹《ふ》き込んだ。

薄《うす》い冬の光が縁側《えんがわ》を照らす。

祖母はいつもここに腰《こし》をかけ、編み物や縫《ぬ》い物、エンドウ豆のさやむきや、栗《くり》の皮むきなど、細々とした日々の作業をしていた。いまの時季なら、干《ほ》し柿《がき》が吊《つ》ってあり、学校から戻るとおやつに出してくれた。

ふっと込み上げてきたものを堪え、片づけに取りかかる。京都に持っていきたいものもある。

七海は居間の箪笥《たんす》の引き出しを開き、文箱《ふばこ》を取り出した。

その場に座り、中から数通の手紙を取り出す。

押し花のついた風流な和紙の手紙。いまはもうすっかり馴染《なじ》みになった流麗《りゅうれい》な千歳の字で書き綴《つづ》られた淡々《たんたん》とした文字。

拝啓《はいけい》、卯月七海様……。

一年前のちょうど今頃《いまごろ》、交《か》わしたやりとりが懐かしい。

あの時には、千歳と一緒《いっしょ》に家に戻ってくるなんて考えもしなかった。千歳のことをなにも知らなくて、どんな人なのだろうとあれこれと想像を巡《めぐ》らせていた。

そんな自分のことを思い返し、七海は微《かす》かに笑みをもらしてから、そっと手紙を文箱に戻す。

それを風呂敷《ふろしき》にしっかりと包んで、ボストンバッグの底に入れた。

「あとは……と……」

祖母の着物や遺品も、いくつか京都に持っていくつもりだ。それ以外のもので、処分できるものは処分してしまわなくてはならないだろう。だが、どれもこれも思い出の詰《つ》まったものばかりだから、選別するのは難しい。一度にはできそうにないから少しずつだ。

そう思い、立ち上がる。

「猫乃木さん？」

七海は千歳の姿をさがして隣《となり》の仏間に向かう。

襖《ふすま》を開くと、千歳は仏壇《ぶつだん》の前に正座してじっと祖母の遺影《いえい》を見つめていた。その背中に声をかけ損《そこ》ねる。

チンと小さく鐘《かね》を鳴らしてから、千歳が振《ふ》り向いた。

「どうしたんです？　そんなところで」

「いえ……雨が降りそうなので、お墓参りは明日《あした》にしようと思うんです」

「そうですね。もう暗くなりますし」

膝《ひざ》に手をついて、千歳が立ち上がった。そしてこちらに歩いてくる。

「お隣のおばさんに蟹《かに》をいただいたので……だから、お夕飯はお鍋《なべ》にしますね」

「それは楽しみです。暖房《だんぼう》、どこかにないか……さがしてきます」

千歳は七海のそばを通り抜《ぬ》け、廊下《ろうか》の方へと出ていった。

どこかよそよそしさを感じるその態度に、七海は顔を曇《くも》らせる。狐賀家の別荘《べっそう》での一件以来、ずっとだ。冷たくされたわけではない。怒《おこ》っているという様子でもなかった。

ただ、千歳が以前よりも自分との距離をおいているように感じる。どう取り繕《つくろ》えばいいのか分からず、直接理由を尋《たず》ねることもできずにいた。

七海は仏壇に歩み寄ると、先ほどまで千歳が座っていた座布団《ざぶとん》の上にペタンと腰を下ろした。

そして、途方《とほう》に暮れた瞳《ひとみ》を祖母に向ける。

遺影の祖母は生前と変わらない穏《おだ》やかな、優《やさ》しい笑みを浮《う》かべていた。

気づかなかったが、祖母は自分より千歳に似ている。微笑み方が同じだ。

「おばあちゃん、私、どうしたらいいのかな」

七海は小声で問いかける。返事がないことがひどく寂《さび》しい。

千歳と一緒にお墓参りにいくと約束した時には、あんなに嬉しかったのに。

七海はポケットから取り出したハンカチを握《にぎ》り締《し》めた。洗濯《せんたく》をしても、血の染《し》みまでは落ちなかった。

このままでいいはずがない。

このまま、気まずいままでいるのはいやだ。

だから、心に決めた。

たとえ、受け入れてくれなくてもいい。

正直に伝えようと……。


翌日の夕方、七海は千歳とともに祖母の墓参りをした。掃除をして、花と祖母が好きだったそばボーロのお菓子《かし》を供え、またくるからと言い添《そ》えて後にした。

家に戻る途中《とちゅう》の坂道で立ち止まる。

祖母と『チトセ』と一緒に、幼稚園《ようちえん》の帰りに通った場所。

穏やかな日には、海と空の境目も分からないほど青く澄《す》んでいた。

いまは空と同じく濁《にご》った色に染まり、ひどく荒《あ》れている。

傘《かさ》の柄《え》を握る手に力を込めて、先を歩く千歳の背を見る。

千歳は、先ほどから無言のまま足を進めていた。

「猫……乃木さん、あのっ！」

千歳が立ち止まり、傘を差したまま振り向いた。

「私……」

気持ちばかりが焦《あせ》ってしまって言葉が続かない。

七海はもどかしげに、足もとに視線を落とした。

「七海さん」

視線をゆっくりと戻すと、千歳の穏やかな、どこか寂しさのある瞳が見つめていた。

七海は胸が締めつけられるような苦しさを覚える。

「俺は七海さんに嫌《きら》われても、仕方がないと思っています」

「狐賀さんのお屋敷《やしき》で、私が……手を振り払《はら》ったから、ですか？」

七海は戸惑《とまど》うようにききかえす。

「むしろ、俺の正体を知っていても、七海さんが変わらず笑いかけてくれることの方が、一緒にいてくれることの方が不思議だった」

「違《ちが》う……違うんですっ！」

七海は小さく首を振り、唇《くちびる》を嚙《か》み締める。

狐賀家の別荘で、千歳を一瞬《いっしゅん》怖《こわ》いと思ったのは事実だ。だからと言って、千歳を嫌いになるはずなんてない。そんな風に思われているなんていやだ。

七海は傘を取り落として、思わず千歳の腕《うで》をつかむ。

「私は……っ！」

勇気が欲しくて、ギュッと目を瞑《つぶ》る。

意を決して口にしようとしたが、「七海さん」と千歳に遮《さえぎ》られた。

「その気持ちは錯覚《さっかく》だ……あなたはただ、寄る辺が欲しかっただけです。俺はそれでもかまわない。でも、あなたの誰《だれ》かを想《おも》う心は、別の人のためにあるものだ。いま、口にすればきっと後悔《こうかい》する」

ゆっくりと顔を上げると、千歳は宥《なだ》めるようにそう言って優しく微笑《ほほえ》んだ。

傘を拾い上げて七海の手に渡《わた》し、そのまま背を向けて歩いていく。

祖母を亡《な》くして孤独《こどく》になって、誰かに……縋《すが》りたかった。

それが、手を差し伸《の》べてくれた千歳だっただけ。

この気持ちは嘘《うそ》……ただの錯覚。

ただの親愛の情を、好きだという思いと混同した。

見つめた足もとに、雨のかわりに涙《なみだ》が落ちていく。

この坂から見える海を、千歳と見たいと思った。だが、それももう、目に入らない。

一晩中、寝《ね》つけないまま朝を迎《むか》えた七海は、携帯《けいたい》の目覚ましの音が鳴る前に身を起こして、アラームを切る。

朝ご飯の準備をしないとと、ぼんやり考えながら身支度《みじたく》を整えて部屋を出た。

一階に下りて、洗面所や台所、居間や仏間を覗《のぞ》いたけれど千歳の姿は見当たらなかった。

居間には千歳が使った布団一式が、綺麗《きれい》に折りたたまれたまま隅《すみ》の方に重ねてあった。

雨戸を開くと、庭先に集まっていた雀《すずめ》が驚《おどろ》いたように一斉《いっせい》に飛び立つ。

シンと静まり返った家。振り返っても、物音一つしない。

「あ……れ……」

一年前に戻《もど》ったような感覚に陥《おちい》り、七海は動揺《どうよう》を覚えて口もとに手をやった。

廊下に出ると、急ぎ足で玄関《げんかん》に向かう。

そこに脱《ぬ》いであったはずの千歳の靴《くつ》が消えていた。

七海は自分の靴に足を突《つ》っ込み、玄関を開いて外に飛び出す。


（猫乃木さん……っ！）

漁船の停泊《ていはく》している港の方や、近くの公園をさがし、浜辺《はまべ》の方へも足を運んだ。

千歳の姿はどこにもなく、七身は焦りを覚えながら神社へと向かう。

いつも、『チトセ』はいなくなると、神社のお社の下に隠《かく》れていた。ここにくればいつも見つけられたのに、あの日はいくらさがしても見つけられなくて、それきり、もう姿を現すことがなかった。

祈《いの》るような気持ちで石段を駆《か》け上がる。

あの日のように、消えてしまったら。

もう、二度と会えなくなったら。

(やだ……そんなの、やだよ……っ!)

息を弾《はず》ませながら、鳥居をくぐる。

朝の透《す》き通った光が、古い小さなお社の屋根に降り注いでいた。

それを見上げていた千歳は、昨日の夜に着ていた着物のままだ。

なんだと思うと同時に、無性《むしょう》におかしさが込み上げてきた。

昨晩、色々と思い悩《なや》み過ぎたせいかもしれない。

千歳の言葉を何度も思い返して考えていた。そうなのかもしれないと思った。孤独を埋《う》め合わせる誰かをさがしていただけなのかもしれないと。

考えれば考えるほど、自分の心が分からなくなって……だが、結局、行き着く答えはただ一つだった。

「猫乃木さん」

呼びかけて歩み寄ると、千歳が振《ふ》り返る。

「……よく、分かりましたね」

「猫乃木さんが好きだったところですから。忘れてませんよ」

七海はお社のそばの大きなクスノキを見上げる。小鳥が枝の間で戯《たわむ》れていた。

戸惑いの色を浮かべて見つめてくる千歳に、七海は迷いの吹《ふ》っ切れたすっきりとした笑顔《えがお》を見せる。

「七海……」

「猫乃木さん。猫乃木さんは、私と猫乃木さんが違うものだと思っているのかもしれません。でも、私はそうは思いません。私はおばあちゃんの孫ですよ？　猫乃木さんが、人ではないのだというのなら、私だって同じです」

七海は千歳の胸にそっと片手を当てる。

なにも幽霊《ゆうれい》に恋《こい》をしたわけではない。千歳はちゃんとこの世界にいる。ちゃんと生きている。手を通して感じる体温も、微《かす》かな脈動も、この体の中に流れる血も自分となにも変わらない。

千歳はしばらく、なにも言わなかった。

「先に戻ります。朝ご飯、つくって待ってますから」

七海は千歳から手をはなすと、頰《ほお》を赤く染めながら笑う。そして、いつもよりも軽快な足取りで石段を下りていった。

千歳は頰に差す朝日を、眩《まぶ》しそうに手で遮ってふっとため息をもらす。

その口もとが自然と綻《ほころ》んだ。

「……怖《こわ》い物知らずなんだから」

第四話

龍王《りゅうおう》の願い

一

十二月も半ばになると、大学の構内のあちこちでクリスマスや忘年会《ぼうねんかい》の話題が耳に入るようになり、誰《だれ》もが心なしか浮《う》かれ気分で楽しそうだ。

だが、一緒《いっしょ》に歩いている同じ学部の友人の奈央は、それに反して憂鬱《ゆううつ》そうだった。

「やだよねー……だいたいさ、クリスマスって必要⁉」

寒そうに背を丸めながら、奈央が唇《くちびる》をへの字に曲げる。

お祭りと聞いたら真っ先にすっ飛んでいくような奈央にしては随分《ずいぶん》と意外だ。

「奈央ちゃん、クリスマスはお祝いしないの？」

「それが最低なんだよ！　先輩《せんぱい》が独り者を励《はげ》ますクリスマスパーティーを開くって、勝手に盛り上がってさ。だいたい、なに、その寒々しいクリスマス。そりゃ、私は独り身ですよ？　彼氏とかいませんよ？　だからって、なんで幹事⁉」

憤慨《ふんがい》する奈央の隣《となり》で七海は苦笑《くしょう》した。なるほど、それは憂鬱にもなるというものだ。

がっくりと力なく頭を垂れた奈央は、「最低だよ」と絶望的に呟《つぶや》く。

「それなら私と奈央ちゃんで一緒にクリスマスしない？　私、ケーキつくるから」

奈央を元気づけたくてそう言うと、奈央がのそっと顔を上げ、少し恨《うら》めしげな目を向けた。

「同情はいいんだ。七海は大家さんがいるし……楽しみなよ。せっかくだし。私は孤独《こどく》な者たちの空《むな》しい集《つど》いに出るからさ」

奈央はイチョウの幹に片手をついて、ひどく哀愁漂《あいしゅうただよ》う表情を浮かべる。

「猫乃木さんとは……っ！」

七海は赤面して言葉に詰《つ》まる。

実家に帰った折、思い余って告白めいたものをしてしまった自分と、あっさりと玉砕《ぎょくさい》してしまったことを思い出してしまい、ズンと気落ちしそうになった。

もちろん、千歳に対する気持ちは変わらない。意識すればその気持ちは日増しに強くなっていくようで、自分でも感情を持て余しているところだ。

これはもうかなりの重症《じゅうしょう》で、先日など洗濯物《せんたくもの》を取り込みながら、千歳の着物をギューッと抱《だ》き締《し》めてしまい、そんなところをうっかり本人に目撃《もくげき》されてしまったものだから、もう、穴があったら入りたい心地《ここち》だった。

七海自身ですら、自分に呆《あき》れ果ててしまうくらいだから、千歳にもきっと呆れられていることだろう。

いまはとりあえず、何事もなく平穏《へいおん》に、差し障《さわ》りなく日々を過ごすことで精一杯《せいいっぱい》だ。クリスマスなんて誘《さそ》って断られたら、きっと寝込《ねこ》んでしまう。

奈央が「うわーん！」と声を上げながら、イチョウの幹にしがみつく。もちろん、通りすがりの学生たちの注目の的になっていた。

「私も彼氏欲しい！　ケーキ食べて、プレゼント交換《こうかん》して、宿り木の下でチューしたい！」

「な、奈央ちゃん……」

集まってきた人々を、七海はオロオロと見まわす。

「サンタさん、お願いです。私に彼氏をください。彼氏が入るでっかい靴下《くつした》をぶら下げておきますから！」

「あの……」

爆笑《ばくしょう》している野次馬《やじうま》の中から進み出たのは、一人の男子学生だった。

理学部の学生なのか、白衣姿で小脇《こわき》に数冊のテキストを抱《かか》えている。

「教育学部の都司さん、だよね？」

「そうだけど、あんた誰？　私、いま、サンタ以外の男に用はないんですけど」

胡散臭《うさんくさ》そうにジロジロと眺《なが》める奈央の前に、その男子学生は意を決したように一歩進み出た。

「前の合コンの時、顔を合わせたんだけど……覚えてないかな？」

奈央は少し考えてから思い出したのか、「あっ！」と相手を指差した。

「先輩に絡《から》まれてたメガネ！」

「あ、うん……そうなんだけどさ。あのさ、彼氏、いないなら俺と付き合わない⁉」

集まっていた学生たちの間から、「おおーっ」と声が上がる。

奈央はポカンと口を半開きにして男子学生を見ていた。

「奈央ちゃん、奈央ちゃん」

七海が肘《ひじ》で軽くつつくと、奈央はようやく我に返ったようだった。

「サンタさんって、本当にいた……」

「だめかな？」

男子学生が真顔できいてきたので、奈央の顔がいつになく赤く染まった。

「お友達からなら、考えてもいい！」

そう返事をすると、男子学生が嬉《うれ》しそうに破顔する。

奈央は七海に顔を寄せて耳打ちした。

「やっぱりクリスマス最高だよ。あんたもサンタにチューをお願いしてみなって。絶対、叶《かな》うから！」

「奈央ちゃん！」

考えただけでも頭がグルグルしそうで、動揺《どうよう》しながら奈央の背中を押す。

奈央は男子学生にちゃっかりランチを奢《おご》らせる約束を取りつけ、その腕《うで》を引いていってしまった。

七海は肩《かた》にバッグをかけて一人で歩き出す。

学生たちとすれ違《ちが》いながら、正門へと向かった。

（奈央ちゃん、嬉しそうだったなあ）

冷えた手に吐《は》きかけた息が、白く染まった。


『猫また堂本舗』に来訪者があったのは、クリスマスイブの一日前のことだ。

布団《ふとん》に入りすっかり眠《ねむ》りについていたところを、物音で起こされる。七海の部屋は店の真上にあるので、玄関先《げんかんさき》の声や物音もよく聞こえる。

眠気《ねむけ》を引きずったままモソッと身を起こし、枕《まくら》もとの携帯《けいたい》に手を伸《の》ばした。

時間を確かめてみればまだ午前二時過ぎだ。

（誰だろ、こんな時間に……お客さんかな？）

布団から抜《ぬ》け出し、ハンガーにかけていたはんてんを着る。

腕をさすりつつ部屋を出て、急勾配《きゅうこうばい》の階段を下りていった。

「頼《たの》もう。誰かおらんのか!?」

通り庭を抜けて店に出ると、外から誰かが呼びかける。

少々舌足らずな少女の声だった。

「いま、開けますから」

鍵《かぎ》を外して玄関戸を開いた七海は、「あれ？」と辺りを見まわした。

「ここだ、どこを見ている」

視線を下げると、黄色い帽子《ぼうし》と黄色い肩下げ鞄《かばん》、紺色《こんいろ》のスモックを着た少女が目に入った。どこかの幼稚園児《ようちえんじ》だろうか。

「あれ……あなた一人？　お母さんか、お父さんは？」

身を屈《かが》めて尋《たず》ねると、少女は腰《こし》に手を当て心外そうに眉《まゆ》の端《はし》を上げた。

「童扱《わっぱあつか》いするな。これでも、そなたの千倍は生きている身だ」

「千倍⁉」

目を丸くして驚《おどろ》いてみたものの、真に受けていいのかどうか分からない。子供なので大げさに言ってみているだけなのかもしれない。どうしたものかと考えていると、少女は七海を押し退《の》けて店の中に入ってしまった。

「あの、えっと、お名前は？」

「ここは魔除《まよ》け屋か。主《あるじ》はどこにいる。早《はよ》う、呼んでこい」

店の中を見まわしながら威高《いたか》な口調で命じられ、七海は反射的に「はい！」と返事をしてしまった。

ともかく、千歳を呼んできた方がいいだろう。就寝《しゅうしん》中に起こすのは気が引けるが、自分一人では対処に困る。それに、本当に千歳のお客さんかもしれない。どうやら、この少女は普通《ふつう》の少女ではないようだ。

木戸を開いて通り庭に出ようとした時、仕事部屋の襖《ふすま》が開く。はんてんと着物姿の千歳が眠そうな顔を覗《のぞ》かせた。その片腕《かたうで》には雪平を抱えている。

「七海さん、どうしたんです？」

髪《かみ》に寝癖《ねぐせ》がついており、低めの声はいささか不機嫌《ふきげん》だ。

「それが、猫乃木さんにお客さんみたいで」

「そなたが、魔除け屋か？」

千歳は少女に視線を移して瞬《まばた》きした。それから急に眠気が吹《ふ》っ飛んだ様子で、慌ててその場に正座する。

「善女龍王殿下《ぜんにょりゅうおうでんか》、お出迎《でむか》えもせず、申し訳ございません」

千歳の改まった態度に驚いて、七海は戸惑《とまど》うように『殿下』と呼ばれた少女を見る。

（善女龍王？）

「忍《しの》びだ。気にするな。それより、このような場所まで歩いてきたのだ。すっかり体が冷えてしまったではないか。熱い酒を所望《しょもう》する。ああ、特級酒でなくてもよいぞ。忍びだからな」

七海は戸惑うように千歳に視線を向けた。相手はどこからどう見ても立派な幼稚園児だ。

「殿下、現世《うつしよ》ではお子様に酒を勧《すす》めるのは禁じられております。ご勘弁《かんべん》ください」

千歳が笑《え》みを崩《くず》さないようにやんわりと断ると、殿下は膨《ふく》れっ面《つら》になり腰に両手を当てた。

「童ではないと申しているだろう」

「温かい牛乳をいれましょうか？　体が温まりますよ」

機嫌を損《そこ》ねないように言ったつもりなのだが、「赤ん坊《ぼう》でもないのに乳など飲めるか！」と余計に怒《おこ》らせてしまった。

「殿下……当家には生憎《あいにく》と殿下の口に合うような上等の酒をおいておりません」

千歳は日頃《ひごろ》家でお酒を飲まない。未成年の七海はもちろんのことだ。そのため、必然的に家に常備されているお酒は料理酒以外にない。

「なんと、酒もないのか！　年の暮れだというのに不憫《ふびん》な……この荒《あば》ら屋では仕方もあるまい」

殿下が店の中を見まわしてから、大きくため息をもらした。

千歳の顔から笑みが消え、頬《ほお》がピクッと引きつる。明らかに気分を害した顔だった。

殿下は人ではないようだし、年齢《ねんれい》や姿はあまり関係ないのかもしれない。殿下というからには相応の身分の相手だろう。不興を被《こうむ》って千歳の立場が悪くなっては困る。

「私、いまから買ってきましょうか。コンビニは開いていますから」

七海は千歳が眉間《みけん》に皺《しわ》を寄せる前に、おずおずと申し出た。

「七海さんは未成年だからお酒は買えないでしょう」

「あっ……そうですね」

最近は未成年者にお酒やたばこを売らないよう、身分証の提示を求められる。七海は未成年な上に、高校生や中学生に間違《まちが》えられるほど小柄《こがら》だ。どう考えても、怪《あや》しまれてしまう。

「殿下も酒を飲むためにわざわざお越《こ》しになったわけではないのでしょう。我慢《がまん》してください」

千歳がいささか厳しめの口調で言うと、殿下は「仕方ない。忍びゆえ、贅沢《ぜいたく》は言わん」と渋々《しぶしぶ》あきらめてくれた。


千歳が殿下を居間に案内している間に、七海は台所でカップと菓子器《かしき》を用意する。こんな時に限って茶菓子を切らしており、あるのは千歳の好きな小魚ピーナッツの小袋《こぶくろ》と、常備してあるそばボーロくらいだった。

菓子器にそれらを盛って、カップとともにお盆《ぼん》にのせる。

雪平を連れて居間に向かうと、殿下はこたつに入って温《ぬく》もっていた。

「七海さん、すみません」

殿下に遠慮《えんりょ》しているのか、千歳はこたつには入らずに脇《わき》で正座をしていた。

「いいえ。お酒のかわりに、甘酒を温めたんです」

「甘酒！」

殿下は嬉しそうに顔を輝《かがや》かせ、両手を出してカップを受け取った。一口啜《すす》って満足したのか、唇《くちびる》を舌で舐《な》める。

「うむ、気に入った！」

「猫乃木さん、善女龍王殿下というのはどのような方なのでしょう？」

七海は殿下が甘酒を堪能《たんのう》している間に、千歳に顔を寄せて尋ねる。

「京都の水脈を守る龍神《りゅうじん》のお一人ですよ」

「へえ……龍神様……」

七海は数秒遅《おく》れて、「ええ!?」と仰天《ぎょうてん》して声を上げた。

「神様なんですか!?」

「祭祀《さいし》の時でもない限り、滅多《めった》に降臨されないんですけど」

千歳は七海からカップを受け取り、苦笑《くしょう》する。

(神様って、幼稚園児の格好……しているものなのかな？)

「たわけ。これは仮の姿だ。本体で顕現《けんげん》すれば京都が壊滅《かいめつ》する」

心の中を読まれて、七海は驚いて殿下をしげしげと眺《なが》める。

(すごいな。本当に神様なんだ)

「殿下、私に用があったのでは？」

千歳が尋ねると、殿下はカップをコトッとこたつ台においた。

「なに、ちょっとばかり下界の視察だ」

「視察、ですか？」

千歳は腑《ふ》に落ちない様子で首を傾《かし》げる。このように龍神が突然《とつぜん》やってくることなど、滅多にあることではないのだろう。

「そう、視察だ。下界の人間どもが騒《さわ》がしいのは、クリスマスなる異国の祭りが催《もよお》されるからだろう。それを堪能したい」

殿下は肩下《かたさ》げ鞄《かばん》の中から取り出した扇《おうぎ》を、広げてみせる。

七海と千歳は戸惑うように顔を見合わせた。

「側女《そばめ》が申すには、木に欲しいものを書いた短冊をぶら下げておくと贈《おく》り物が届けられたり、家族みなで菓子を食したり、その年の吉方《えほう》位に向かって全員で鳥の丸焼きにかぶりついたりして無病息災を祝うのだろう？」

千歳は顎《あご》に手をやって思案してから、七海の方に顔を向けた。

「俺はお祝いをしたことがないのでよく分からないのですが、そのような祭りなのですか？」

「私もおばあちゃんと簡単にお祝いするくらいだったので、正式なお祝いの仕方は分からないんですけど……ケーキを食べたり、ツリーを飾《かざ》ったり、プレゼントをもらったり、そんな感じではないでしょうか？」

（そっか。猫乃木さん、お祝いしたことないんだ）

千歳のことだから、一緒《いっしょ》にお祝いをする女性の一人や二人、その気になればいくらでも見つけられただろう。そういう人もいなかったのだろうかと気になってしまう。

今年のクリスマスも、特に誰《だれ》かと過ごす予定はないのだろうか？

千歳をチラッと見ると目が合った。慌《あわ》ててそらしたので、不自然に思われたかもしれない。

「一度でよいから、人間の子と同じようにクリスマスというものを祝ってもらいたいのだ。ついては、そなたとそこの娘《むすめ》に親代わりを命じる」

「私が……親、ですか？」

七海が戸惑いの声を上げると、殿下は愉快《ゆかい》そうに含《ふく》み笑いをもらす。

「神に奉仕《ほうし》できるのだ。光栄に思え」

つまり、千歳と夫婦《ふうふ》役を務めろと言われているのだ。

クリスマスの一日だけ……。

七海は頬が熱を帯びるのを感じてうつむいた。

「殿下、殿下の仰《おお》せでもそれはできません」

千歳がかたい声できっぱりと否定する。

「頼《たの》みがきけぬと言うのか？」

「クリスマスを楽しみたいというだけであれば、殿下に協力いたします。ですが、夫婦の真似《まね》事《ごと》はお断りします」

真似事……その言葉に、胸の奥にズキッと鈍《にぶ》い痛みを覚えた。

「七海さんも、困っているから」

「私は……あの……っ！」

七海は身を小さくして、「いやではありませんよ」と答える。

千歳が乗り気ではないのは分かったが、それでも、自分がいやがっていると思われたくはなかった。

「七海はこう申しているが、魔除《まよ》け屋、そなたはいかがする？　やらぬと言うのなら致《いた》し方《かた》ない。他《ほか》の男に命じるまでのこと」

そっと千歳の顔色をうかがうと、ひどく憮然《ぶぜん》としていた。

「……最初から無理を押し通すつもりだったのでしょう」

「首尾《しゅび》よく果たせよ。でなければ、来年は災難という災難がそなたらの上に降り注ぐことになるであろう」

殿下《でんか》は意地の悪い笑《え》みを扇子《せんす》で隠《かく》した。

二

クリスマスイブのデパートは、七海の想像を超《こ》えた混雑ぶりで、入り口からすでに行列が出きていた。

「お歳暮コーナーは地下一階にございます！　クリスマスイベントは五階催し物会場で！」

係員が声を張り上げて誘導《ゆうどう》しているが、それも騒がしい周囲の声とスピーカーから流れ続けるジングル・ベルに掻《か》き消されてほとんど聞き取れない。

無秩序《むちつじょ》に移動する客に押され、七海はよろめいて千歳の胸にぶつかった。

「ごめんなさい……」

「いえ……」

肩を引き寄せられ、七海は戸惑《とまど》うように千歳の顔を見る。

人の多さに酔《よ》ったのか、それとも暖房《だんぼう》が暑いのか、千歳は少しぼんやりとしながら店内を眺めていた。

セーターと黒いズボン、その上にコートというシンプルな格好でも人目を惹《ひ》くのか、若い女性たちが千歳にチラチラと視線を向けながら通り過ぎていく。とても一児の父親という風には見えないだろう。だが、それを言うなら七海も一児の母には見えない。精一杯頑張《せいいっぱいがんば》っても、親戚《しんせき》の子供を押しつけられた兄と妹だ。

「七海、ユルキャラショーとやらが見たい。参るぞ！」

殿下は、現世《うつしょ》の『祭り』にすっかり興奮しているのか、七海の手をグイグイと引っ張る。

「殿下、あまり慌てると転びますよ」

言ったそばから、殿下は足がもつれて派手に転んでいた。

「殿下！」

引っ張り起こして立たせ、膝《ひざ》や服を軽く払《はら》う。

怪我《けが》はしていないようでほっとした。

「童《わっぱ》というのは、なんとも不便なものだ」

「年甲斐《としがい》もなくはしゃぐからですよ」

千歳がため息を吐《つ》いて、殿下の体を抱《だ》き上げる。

下手に動きまわられるよりも、その方が安全だと思ったのだろう。

「人を年寄り扱《あつか》いするな！」

「子供扱いしても怒《おこ》ったでしょう」

千歳と殿下を眺めながら、七海は思わず笑う。

「猫乃木さん、本当のお父さんみたいですね」

「今だけ、ですから」

「そう、ですね」

千歳が表情をかたくしたので、七海も押し黙《だま》った。

（やっぱり迷惑《めいわく》に思ってるのかな）

「二人とも、いくぞ！」

殿下に急《せ》かされて千歳が歩き出す。その手が遅れそうになる七海の手を取った。

しっかり握《にぎ》り締《し》められた手の熱に戸惑い、千歳の背中を見る。

せっかくのクリスマスなのに、上手《うま》く話せない……。

子供向けの催しがおこなわれている屋上と、地下の飲食店街を連れまわされた千歳は、すっかり人に酔ってしまったらしい。通路の隅《すみ》におかれたソファーに腰《こし》を下ろし、いささかぐったりした様子でうな垂れていた。

「お水でも買ってきましょうか？」

七海が尋《たず》ねると、千歳はのそっと頭を起こす。

「いえ。だめですね……日頃《ひごろ》、あまりこういう場所に出かけないので慣れなくて」

「軟弱者《なんじやく》め。まだまだ、満足にはほど遠いぞ」

隣《となり》に腰かけた殿下が、オレンジジュースのパックに刺《さ》さるストローをチュウと吸う。短い足がプラプラと揺《ゆ》れていた。

「必要なものなら私が買ってきますから、猫乃木さんと殿下はここで……」

「それはならん！」

殿下が強い口調で遮《さえぎ》る。その顔には幼い顔立ちに似合わない真剣《しんけん》な表情が浮《う》かんでいた。

「親子三人で過ごさなければ意味がない。今日はどうしても、三人で祝いたいのだ」

「まあ、そうですね」

千歳がふうっと、ため息を吐いて呟《つぶや》く。

「猫乃木さん、本当に大丈夫《だいじょうぶ》ですか？」

「殿下に満足してもらわないと災難が降り注ぎますから」

千歳は苦笑《くしょう》して、重そうに腰を上げた。


千歳と七海が殿下に腕《うで》を引かれて向かったのは玩具《おもちゃ》の並んでいるフロアだ。白や緑、ピンクなど様々な色のツリーが並び、サンタクロースの等身大人形が出迎《でむか》える。子供たちは配られた風船を手に走りまわりながら、お気に入りの玩具をさがしている。

物珍《ものめずら》しそうに玩具を眺《なが》めながら歩きまわっていた殿下が、ぬいぐるみのコーナーで足を止めた。見上げているのは、特大の招き猫《ねこ》のぬいぐるみだ。

そのそばで、少年が「あれ、欲しい！」と母親に強請《ねだ》っている。

「あれは、だめ！　一万円もするでしょう」

「あれ、欲しいーっ！」

地団駄《じだんだ》を踏《ふ》む少年を、母親が無理矢理《むりやり》引きずっていく。泣き叫《さけ》ぶ声が遠ざかっていった。

「なんと、世知辛《せちがら》いものだ」

少年を見送っていた殿下が、そうもらした。

「殿下はなにか欲しいものがあるんですか？」

「うむ……そうだな。これがいい」

殿下は棚《たな》に並んでいる手のひらサイズの招き猫のぬいぐるみを手に取る。そして少しだけ目を細めた。

「私が買いましょうか？」

「よいのか？」

「せっかくの、クリスマスですから」

殿下は嬉《うれ》しそうに顔を綻《ほころ》ばせ、ぬいぐるみを渡《わた》した。

七海がレジカウンターでお会計をすませ、ラッピングをしてもらってから戻《もど》ってくると、千歳が先ほどのぬいぐるみの棚の前で待っていた。

「俺が買えばよかったですね」

「これくらいは持ち合わせがありましたから」

買ってあげたかったのだ。毎年、自分も祖母からのプレゼントが嬉しかったから。

「七海さんは……なにか欲しいものはないんですか？」

「え？」

「ほら、クリスマスですし」

千歳が視線をそらしたまま言う。

「いえ、私は……」

七海は自分のバッグを腕に抱《だ》き締めながらうつむく。

「遠慮《えんりょ》すること、ないですよ」

「いいえ、本当に遠慮なんて！」

今日一日、こうしてそばにいられる。一緒《いっしょ》にお祝いできる。そのことだけで、自分には十分過ぎるほどのプレゼントだ。

七海はふと気づいて、辺りを見まわした。

「そういえば殿下《でんか》はどこに……」

離《はな》れてしまうと、混雑の中では見つけるのが難しい。

「玩具フロアにはいますよ」

七海と千歳は人の間を縫《ぬ》うように小さな殿下をさがし始めた。


「猫乃木さん！」

化粧《けしょう》室やコインゲームのコーナーをさがして戻ってきた七海は、エスカレーターの前で千歳と落ち合う。

「いましたか？」

七海が首を振《ふ》ると、千歳は「参ったな」と呟いて周囲に視線を向ける。

千歳がさがしにいった子供服コーナーのところにもいなかったようだ。そろそろ一時間が経《た》つのに殿下の姿は見当たらない。

「ごめんなさい、私が目を離したのがいけなかったんです！」

「いいえ、俺もちゃんと見ていなかったから」

「玩具のところではないとしたら、ケーキをさがしにいったのかもしれません。地下をさがしてきます」

「一緒にいきます。あまり離れない方がいいでしょうし」

エスカレーターで下りようとした時、『迷子のご連絡《れんらく》です』と放送が聞こえてきた。

『京都市内からお越《こ》しの猫乃木千歳様、京都市内からお越しの猫乃木千歳様、お子様がお待ちです。一階、インフォメーションセンターまでお越し下さい』

「猫乃木さん、いまの」

「まったく、人騒《ひとさわ》がせなんだから」

千歳は顔を片手で押さえて、深くため息を吐いた。

吹《ふ》き抜《ぬ》けになった中央ホールに、真っ白な特大ツリーが飾《かざ》られていた。青や赤のLEDライトの電飾《でんしょく》が、数秒おきに切り替《か》わっている。

大きな樫《かし》の木が植えられ、周りをベンチがぐるりと取り囲んでいる。向かいにはカフェがあり、客たちがツリーを眺めながらゆっくりとお茶の時間を楽しんでいた。

ベンチに腰をかけた殿下が、通り過ぎていく親子連れの姿を目で追う。

プレゼントを買ってもらった子供は満面の笑《え》みを浮かべていた。

「殿下、お疲《つか》れではありませんか？」

「いささかな。年甲斐《としがい》もなくはしゃぎすぎた。思いの外、人の祭りがおもしろくてな」

七海は殿下の隣に座り、目の前の電飾で飾られた大きなツリーを見上げる。

「大きい……すごいな」

小さなツリーは見たことがあるが、吹き抜けの天井《てんじょう》に届きそうなほど大きなものを見るのは初めてだった。

「これが願いの木なのか？」

「ツリーにお願い事をする……のかな？」

大きなツリーを見ていると、なんだかそうしたくなるのは確かだ。ただ、七夕ではないので、願い事をするのかどうかはよく知らなかった。

「神様でも、なにかお願いしたくなりますか？」

そう尋ねると、殿下はツリーを眺めながらふっと弱い笑みを浮《う》かべた。

「願うことがあるとすれば、それは全《すべ》ての者の願いが等しく叶《かな》うことだ。だが、いくら願っても追いつかぬ。人の数だけ願いがある。その中ですくい上げられるのはほんの一握《ひとにぎ》りだけだ」

なに一つ、思い通りにはならないものだとやるせなさそうに言う。

千年以上も昔から、幾《いく》万人もの人の願いを聞き続けた守り神……。

いまの言葉は、その深遠な心のうちからこぼれ落ちた、吐息《といき》のようなものだったのだろう。

「……その一握りでも、とても沢山《たくさん》の人が救われたんだと思います。幸福になれたんだと思います。それに、叶わなくても願いは人を強くしてくれるでしょう？」

七海はそう言って、微笑《ほほえ》んだ。

叶わなくても、いまの先に幸福な日々を思い描《えが》くだけで前を向いて歩いていける。

願うこともできない深い失意というものもあるのだ。なにに縋《すが》れば立ち直れないほどの深い悲しみから抜け出せるのかも分からない、暗い、暗い、闇《やみ》の中に閉《と》ざされたような孤独《こどく》な日というのも……。

「人のそなたに慰《なぐさ》められるとはな」

殿下は微《かす》かに笑い、七海に「そなたはなにを願うのだ？」と尋《たず》ねた。

「私は……」

七海が答える前に、千歳がエスカレーターを上がって戻ってきたので会話が打ち切られる。

「なにをしていた、魔除《まよ》け屋。待ちくたびれたぞ」

「ケーキが食べたいとおっしゃったのは殿下でしょう」

千歳が白い紙箱を殿下の手に渡す。

殿下が紙箱を開くと、サンタクロースやトナカイの砂糖菓子《がし》と、メリークリスマスと書かれたチョコレートの板がのったデコレーションケーキが入っている。

殿下は「このようなものを食べることが、ただ一つの願いとは」と独り言のようにもらして、目を伏《ふ》せる。その頰《ほお》を一滴《ひとしずく》の涙《なみだ》がこぼれ落ちた。


すっかり日の暮れた夜道を、並んで歩く。

走り抜ける車のヘッドライトの明かりに、降り始めた雪が浮かび上がっていた。

ようやく見えてきた門を通り抜けると庭園があり、広い池が広がっている。赤い欄干《らんかん》の太鼓《たいこ》橋《ばし》がかかり、その側《そば》には小さなお社が祀《まつ》られていた。

舞《ま》い落ちた雪が、池の水面《みなも》に浮かび静かに溶《と》けていく。

さすがに時間も遅《おそ》いため人の姿はない。

「ここが殿下の?」

「池の水底が宮殿《きゅうでん》だ」

お社の前で足を止めた殿下は、七海と千歳を振り返る。

「世話になった。これでこの童《わっぱ》も心ゆくまで満たされたことだろう」

優《やさ》しい微笑みを浮かべると、その体が一瞬《いっしゅん》だけ白く霞《かす》んで揺《ゆ》らいだ。

スッと現れたのは、十二単《じゅうにひとえ》姿の若い女性だ。妖艶《ようえん》といってもいい色香《いろか》の漂《ただよ》う美人で、黒髪《くろかみ》は地面に届くほど長い。

七海は呆気《あっけ》に取られて、女性と、先ほどまで自分たちが『殿下』と呼んでいた幼い子供を見る。

子供は先ほどまでとは打って変わった幼い笑顔で、七海にしがみついてきた。

「え？　あ、あれ？」

戸惑《とまど》いながら抱き締《し》めると、子供は身を離して浮かび上がる。

「もう、ここには留《とど》まるな。あちらにいけば、新しい親のもとに生まれてこられるのだから」

殿下がそう言うと、子供は七海からもらった招き猫《ねこ》のぬいぐるみを大事そうに抱《かか》えながら、嬉《うれ》しそうに頷《うなず》いた。その姿が闇に溶けるように消えてしまう。「あっ」と声をかけようとしたが、間に合わなかった。

「……あの子は」

「一年ばかり前、行き場をなくしてこの社に迷い込んできた。親御《おやご》もおらぬようなので、早々にあちらにいけと言ってやったのだが……未練があるらしくてな」

クリスマスの日に、家の前で両親が帰るのを待ちわびていたのだが、不運にも通りがかった車に轢《ひ》かれてしまったのだという。

よほど、楽しみにしていたのだろう。亡《な》くなった後も、ずっとそのことを待ちわびて現世《うつしよ》に留まり続けていたようだ。

「殿下《でんか》は、あの子のために？」

「久しぶりに下界を堪能《たんのう》できて有意義だった」

殿下はそう言うと、真紅《しんく》の唇《くちびる》に悠然《ゆうぜん》と笑みを浮かべる。

千歳は気づいていたのだろうか？

そう思い、少し顔を上げると、千歳は複雑そうな表情を浮かべていた。

(やっぱり、分かってたんだ)

だから、最後まで付き合ったのだろう。

「どうやら迎《むか》えがきたか」

殿下が風に波立つ池の方へと視線を向ける。ざわついた人の声が七海の耳にも聞こえた。

「黙《だま》って抜け出したものだから、さぞや騒《さわ》ぎになっていることだろう」

水面に明かりを浮かべながら、手こぎの船が一艘《そう》近づいてくる。龍《りゅう》の姿を模したもので、龍船と呼ばれている船だ。その船の上に二十人ばかりの人が乗っているのが見えた。男性の方は黒い冠《かんむり》に、束帯と呼ばれる平安の頃《ころ》の絹の装束を着ていた。女性は赤い袴《はかま》に赤や紫《むらさき》、緑といっ

た色鮮《いろあざ》やかな単衣《ひとえ》をはおった姿だ。

七海は思わず、幻《まぼろし》でも見ているのかと目を擦《こす》ってみる。

「七海、そなたのことは気に入った。望むなら私の側女《そばめ》に取り立てよう。現世など捨ててこちらにくる気はないか？」

突然《とつぜん》の申し出に戸惑っていると、千歳に腕《うで》をつかまれ引き寄せられた。その顔を見ると、眉《み》間《けん》に皺《しわ》が寄っている。

「勝手に気に入るのはやめてください。怒《おこ》りますよ」

殿下は扇子《せんす》で口もとを隠《かく》して、おかしそうに含《ふく》み笑いをもらした。


『気が向いたら、いつでも……』


言い終える前に、殿下の姿が消える。

辺りが薄暗《うすぐら》くなり、池に浮かんだ船の姿もいつの間にか消えていた。残っていた人のざわめき声を風がさらうと、シンと静まり返る。

「ようやく、帰ってくれましたね」

ほっとしたように千歳が言った。

「やっぱり、殿下は神様だったんですね。また、お会いできるでしょうか」

「そう、度々《たびたび》出てこられてはかないませんよ」

千歳が辟易《へきえき》した様子で言うので、七海は寒そうに頬を赤くしながら微笑んだ。

「善女龍王は、生涯《しょうがい》に一つだけの願いを叶えてくれるそうですよ」

「生涯に一つだけ？」

「ええ、一つだけです。橋の上で願うとね」

七海は千歳に促《うなが》されて、赤い太鼓橋に目をやる。

「……お願いしていきますか？　せっかくですし」

七海は千歳の顔を見上げる。

「そう……ですね。せっかくですから」

千歳と一緒《いっしょ》に橋の真ん中に立ち、静かに空を映している池を見つめた。

時折、風に波立っている。

七海は目を閉じて両手を合わせた。


生涯で、ただ一つの……願い。


叶わなくてもいい。

願えば信じられるから。

首筋に微《かす》かに触《ふ》れた指の感触《かんしょく》に、ふっと目を開く。

「いきましょうか」

千歳は微笑んで、トントンと橋を最後まで渡《わた》り終える。

首にかかるネックレスに手をやると、四つ葉をくわえた小鳥がぶら下がっている。それをギュッと握《にぎ》り締めてから、七海は千歳を追いかけた。

「猫乃木さん！」

呼び止めると、門から出ていこうとしていた千歳が足を止めた。

バッグから取り出したマフラーを、千歳の首にかける。

「急いでつくったからあまり上手《うま》く……編めなかったんです。ラッピングもちゃんとしたかったんですけど……」

渡そうかどうしようかと迷っている間に今日になってしまい、間に合わなかった。

七海はマフラーからゆっくりと手をはなす。


ずっと……。

ずっと……。

どんな形でもかまわないから。

ただ、そばに……。

あなたの、そばに……。

この願いのためなら、他《ほか》のどんな願いも叶《かな》わなくていい。

後ろに一歩下がろうとすると、冷え切ったその手を包み込むように握り締められた。

戸惑うように顔を上げると、吐息《といき》が触れそうなほどお互《たが》いの顔が近い。

千歳は一瞬ためらってから、わずかに身を屈《かが》めた。

唇が瞼《まぶた》に触れる。その柔《やわ》らかな熱に浮《う》かされたように、七海は無意識に微かな声で名前を口にする。

「千歳……さん」

「七……」

そう囁《ささや》き、千歳は七海の頬《ほお》を両手で包み込む。

『七海さんは、なにをお願いしたんですか？』

『それは……秘密です。猫乃木さんは？』

『秘密ですよ。でも、多分……七海さんと同じこと、かな』

余話　春待ち

雪のちらつき始めた庭を眺《なが》めながら縁側《えんがわ》に腰《こし》を下ろす。居間で寝《ね》そべっていた猫《ねこ》たちが、かまって欲しそうに集まってきた。

千歳は着物の懐《ふところ》から取り出した一通の手紙を開く。消印は一年も前のものだ。

それ以降の手紙はぱったりと途絶《とだ》えてしまい、かわりに喪中《もちゅう》ハガキが届けられた。それが三日前のことだ。

ただ一人残された『彼女』の様子が気がかりで、何度かあちらを訪《おとず》れようかと迷ったのだが、決心できないままだ。

彼女は一緒《いっしょ》にいた時のことを、なにも覚えていないだろう。

この家に引き取れば、人ではないものと関《かか》わることになってしまう。知らずにこちら側の世界に引っ張り込んでしまうかもしれない。そうなれば、人の世界とは次第に切り離《はな》され、戻《もど》れなくなってしまう。

彼女は人だ。人としての幸せを享受《きょうじゅ》すべきだ。幸福を願うのなら、忘れられたままでいる方がいい。そばにいれば、不意の時に思い出してしまうこともあるかもしれない。

そんなことを考えて躊躇《ちゅうちょ》していたために、彼女の祖母にも最後まで引き受けると返事ができなかった。

折りたたんだ手紙を懐にしまって、庭に視線を戻した。深緑色の葉を茂《しげ》らせた椿《つばき》の木に、一輪、紅《くれない》の花が咲《さ》いている。

縁側とそこから眺める庭の景色は、彼女と彼女の祖母と暮らした家に似ている。この家の中で、自分が一番気に入っている場所だ。

「七海さんも、そう思ってくれるでしょうか」

呟《つぶや》くと、膝《ひざ》の上にのってきた雪平がチラッと一瞥《いちべつ》する。だが返事をせず、眠《ねむ》そうに目を伏《ふ》せてしまった。

苦笑《くしよう》を浮《う》かべて、千歳はフワフワとしたその背中の毛をなでる。

祖母を亡《な》くした彼女はいま、ただ一人きりだ。その孤独《こどく》と辛《つら》さはよく知っている。

雪平を下ろして立ち上がると、居間へと戻る。棚《たな》から硯《すずり》箱と、封筒《ふうとう》や便箋《びんせん》を取り出した。

こたつに入り、墨《すみ》をすってから筆を執《と》ると、便箋の一行目を書き出した。

『拝啓《はいけい》、卯月七海様……』

手紙をポストに投函《とうかん》し終えてから、千歳はその足で祇園にある交番へと足を向けた。中を覗《のぞ》いてみると、ちょうど犬塚健吾がデスクで仕事をしている。

軽くノックしてからドアを開くと、「珍《めずら》しいな」と意外そうな顔で言われた。

そういえば、健吾が巡回《じゅんかい》の途中《とちゅう》で店に立ち寄ることはあっても、自分が交番に出向くことはあまりないように思う。

「なにか、用があったのか?」

パイプ椅子《いす》に腰をかけると、紙コップに入った熱いお茶が差し出される。

「ん……用というほどのことでもないんですけど。今度、女の子を家に預かろうと思って」

思案しつつ答えると、健吾が軽くお茶にむせた。ひどく訝《いぶか》しそうに眉根《まゆね》を寄せている。

「急にどうしたんだ。熱でもあるのか?」

「いやだな、ありませんよ。そんなに驚《おどろ》くようなことですか?」

「いや、どういう風の吹《ふ》きまわしかと思ってな」

「遠縁《とおえん》の子をね……頼《たの》まれたんです」

湯気の立つ紙コップを見つめ、少しばかり目を細める。一口啜《すす》ると、まだ熱かった。

健吾は拍子抜《ひょうしぬ》けしたように、「なんだ、そうか」と呟く。

千歳は微《かす》かに笑った。

「なんだと思っていたんです?」

「いや、まあ……お前でも人肌《ひとはだ》が恋《こい》しくなるのかと思ってな」

「そんなことじゃありませんよ。ただ、一応健吾には伝えておこうと思って」

「そうか……」

「ええ、そうです」

千歳はお茶をゆっくりと飲み終えると、「ごちそうさま」と言って椅子から立ち上がった。

「千歳」

帰ろうとすると、呼び止められる。

「俺もまた、様子を見に寄る」

千歳は笑《え》みを残し、ドアを開いて外に出た。

雪交じりの風が吹きつけてきて、曇《くも》り空を見上げる。


『チトセ……あのね。大好きだよ』

耳元で優しく囁《ささや》かれた幼い少女の声に、口もとが自然と綻《ほころ》んだ。

年を越《こ》して二月に入ったが、今年は例年よりも寒く、雪の舞《ま》う日が多かった。

着物の上にはんてんを羽織った千歳は冷えた手を摩《さす》りながら、店の前で落ち着きなく便りの訪れを待ちわびていた。

郵便配達の赤いバイクがようやくやってきて、店の前で止まる。

「猫乃木さん、手紙です」

「ご苦労様」

渡《わた》された手紙を受け取ってから、店の中へと引き返した。

その場で封筒を破り、便せんを取り出した。少女らしい小鳥とクローバーの柄《がら》がついている。

玄関戸《げんかんど》に寄りかかりながら、手紙に目を通していると、雪平がそばにやってきて見上げる。

なにが書いてあるのと問いかけるような瞳《ひとみ》に、笑みを返した。

「七海さん、大学に合格したようですよ」

首を傾《かし》げる雪平の体を、片腕《かたうで》で抱《だ》き上げた。

「家の中、片づけておかないといけませんね」

呟くように言うと、雪平が相づちがわりに鳴いた。

春が待ち遠しいと思えたのは、何年ぶりのことだろうか？

「ごめんください」

店の玄関戸が遠慮《えんりょ》がちに開かれたのは、まだ肌寒《はだざむ》さの残る三月の終わりのことだった。

緊張《きんちょう》した様子で店の中を見まわしながら入ってきたのは、ボストンバッグを提《さ》げた少女だ。

声をかけると、愛嬌《あいきょう》のある瞳を目《め》一杯《いっぱい》見開いて、戸惑《とまど》うように見つめ返してくる。

ふっくらとした頬《ほお》は桜色に染まっていた。

ああ、彼女だ……。

すっかり成長して一瞬《いっしゅん》、見間違《みまちが》えそうになったが、顔立ちには幼い頃《ころ》の名残《なごり》があった。

確かめるように「もしかして、七海さん？」と尋《たず》ねると、彼女は畏《かしこ》まったように返事をした。

「あの、ご店主さんはご在宅でしょうか？」

「はい、ご在宅ですよ」

止まっていた時間が再び流れ始めるのを感じながら、千歳は微笑《ほほえ》んだ。

あとがき

本を手にとってくださった皆様《みなさま》、ありがとうございます。望月もらんです。『猫乃木《ねこのぎ》さんのあやかし事情』、二巻目をなんとか無事、出すことができました。楽しんでいただけたなら幸いです。

さて、今回も前回に続き、四話収録となっております。

一話目の『夕顔の恋《こい》』は、植物園が舞台《ぶたい》の話です。かなり昔になりますが、植物園にふらりと立ち寄った際、学生さんたちが熱心にキャンバスに絵を描《か》いていて、とても印象的だったので題材にしてみたものです。

今回の取材でも立ち寄ったのですが、ちょうどバラの咲《さ》くシーズンだったようで、とても綺《き》麗《れい》でした。

二話目の話は、『あやかしの棲《すみか》』です。これは、清水の近くを歩いていた時、ちょうど売りに出されていた町屋がありまして。不動産屋さんでしょうか、いかにもビジネスマン風の男性が、写真に撮《と》っているところに遭遇《そうぐう》しました。そこから、広げてみた話です。

清水付近はとても風情《ふぜい》があり、観光客さんや修学旅行生さんでいつも賑《にぎ》わっていますね。活気があって、好きな場所です。

三話目の『人魚の涙《なみだ》』は、水族館の話です。日本に伝わる人魚伝説はゾクッとするようなものが多くて、怖《こわ》くもありますが、とても興味をそそられます。不老不死の伝承もその一つでしょうか。

人魚のミイラなんてものも、残っているというから驚《おどろ》きです。日本にも人魚がいるというのは、なんだか不思議な気持ちがしますね。

四話目の『龍王《りゅうおう》の願い』は、度々足を運んだ神泉苑《しんせんえん》に祀《まつ》られている龍神様《りゅうじん》がモデルです。七海と千歳がググッと近づく感じのクリスマスイベントを盛り込んでみました。個人的にとても気に入った話に仕上がったので、気に入ってもらえると嬉《うれ》しいです。

そして、今回もページ数をなんとか調整して、余話を入れることができました。七海が京都にくる少し前の小話です。

京都は歴史もあり、不思議な伝説も多く、物語の素材になりそうなものがたくさんあります。それらを作品の中に織り込めて、私といたしましても、書いていてとても楽しかったです。

お忙《いそが》しい最中、あき先生に素敵《すてき》なイラストを描いていただきました。家宝が増えていくので、幸せすぎて倒《たお》れそうです。本当に、ありがとうございました。

この作品が、読者の皆様の心に残る一冊となりますように。では、またお目にかかれることを願って。

望月もらん

BEANS BUNKO

「猫乃木さんのあやかし事情2」の感想をお寄せください。
おたよりのあて先
〒102-8078　東京都千代田区富士見1-8-19
株式会社KADOKAWA　角川ビーンズ文庫編集部気付
「望月もらん」先生・「あき」先生
また、編集部へのご意見ご希望は、同じ住所で「ビーンズ文庫編集部」
までお寄せください。

猫《ねこ》乃《の》木《ぎ》さんのあやかし事《じ》情《じょう》2
望月《もちづき》もらん

角川ビーンズ文庫　BB77-13　19056

平成27年3月1日　初版発行

発行者――堀内大示
発行所――株式会社KADOKAWA
東京都千代田区富士見2-13-3
電話(03)3238-8521(営業)
〒102-8177
http://www.kadokawa.co.jp/
編　集――角川書店
東京都千代田区富士見1-8-19
電話(03)3238-8506(編集部)
〒102-8078
印刷所――旭印刷　製本所――BBC
装幀者――micro fish

落丁・乱丁本は、送料小社負担にて、お取り替えいたします。KADOKAWA読者係までご連絡ください。(古書店で購入したものについては、お取り替えできません)
電話 049-259-1100 (9:00～17:00/土日、祝日、年末年始を除く)
〒354-0041　埼玉県入間郡三芳町藤久保550-1

ISBN978-4-04-102334-1 C0193 定価はカバーに明記してあります。

王子はいつでもガチ勝負！
The prince is always GACHI-Fighting!
望月《もちづき》もらん
イラスト／松本《まつもと》テマリ
なんで、おれが“巫女”修行
なんだよーーッ!!!
大和男子の本気《ガチ》見せます――!?
熱血和風ファンタジー!!
第1巻　王子はいつでもガチ勝負！　はじまりは神剣、だろ？
第2巻　王子はいつでもガチ勝負！　いきなり漂流、だろ？
第3巻　王子はいつでもガチ勝負！　それでも盟友、だろ？
●角川ビーンズ文庫●

迷える幽霊《あなた》を弁護します。

“視える”弁護士・桜沢《さくらざわ》結人《ゆいと》が、不可解な事件を解決！
新感覚・怪奇ミステリ!!

角川ビーンズ文庫

徒然《つれづれ》
イラスト／池上《いけがみ》紗京《さきょう》
盟約の花嫁
盟約から始まる、
少女の激動の運命！
竜王は世を治める代償として、人族の花嫁を得る――それがこの世界の盟約。ひょんなことから花嫁候補者の付き人になったフィリスだが、それが苛烈な運命と恋の幕開けだった！　大人気WEB小説、待望の書籍化!!

●角川ビーンズ文庫●

魔王
就任
MAOU SYUNIN
市《いち》太《た》郎《ろう》
イラスト／宮城とおこ
生まれ変わったら"魔王"でした!?
WEB発超人気作品、登場!!
「魔王」として生まれ変わった依子。周りには側近四人の超美形魔族。
でもこの側近たちがとんでもないクセ者と変態ぞろい!! さらに勇者まで
攻めてきて!? 少女魔王の安全・安心な魔族の国づくり、はじまります!

●角川ビーンズ文庫●